隨筆北投
PEITOU

雷驤◎圖文

地球書房

雷驤
作者簡介

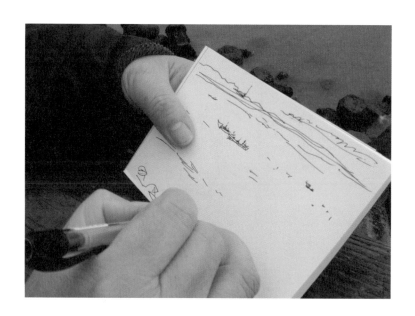

　　1939年出生於上海，台北師範藝術科畢業。為當代著名作家、畫家及紀錄片工作者。

　　專業、興趣、生活結合於一，因而戀家卻常四處行走；平時慣於將圖象構成與思維符號併聯呈現，對高科技視聽影音新設備興致勃勃。

　　他是台灣七○年代的文學精英，曾獲得畫學會插圖金爵獎、中國時報小說推薦獎、金鼎獎，並經常受邀擔任文學藝術創作比賽評審。著有：《愛染五葉》、《文學漂鳥》、《繪日記》、《西張東望》、《晃動》、《行旅畫帖》、《捷運觀測站》、《雷驤‧Pocket Watch》等等，小說、散文作品近30種。

　　影像方面，1981～1986年在台灣的電視台製作的《美不勝收》《映像之旅》等影集在當時深受歡迎，造成三台爭相聯播的盛況，引發民眾的人文情懷，多次榮獲金鐘獎；1990～1991年間的《歲月中國》系列亦榮獲電視節目金帶獎；另有《作家身影》等傑出的電視紀錄片作品。

　　各方面均有極高成就的雷驤，長年從事美學教育工作，現任教於文山社區大學及台北藝術大學。

吾愛北投
自序

　　今晨，信步自家中走出向山道踱去，意在對傳說中北投勝景區作一番可能的客觀考察——落戶定居二十多年以來，或且從未覺察它已悄悄變貌中。

　　我不覺間來到了一個坡口，光明路與溫泉路的丁字形交叉處。這是外地來客穿越公園，往上進入北投心臟地帶的必循道路。坡上現橫列著一排歇腳的咖啡館兩家，以及略填肚皮的日式拉麵館。往右，可見老天主教堂一座和改造成情人旅館的六層樓相鄰。這些早期提供各地來的商賈狎客們飲酒作樂的旅館，在昔日北投蔚成專業。二十年前，從台北特地來此飲酒的惡友們，有時繞道先抵我家，大聲吆邀我一同前去。這時，妻總出來委婉道：你們要去哪一家？我隨後開車送他過去就是。在車子裡，妻對我說：如果你不久厭煩了，打電話回來，我好知道去哪兒載你呀。

　　果然入席不久，想到那些女子艷妝濃塗底下的面顏，我便先行告退了。

　　有一回，妻清早去打網球，開車經過公園道憲兵隊旁，見兩個我的朋友宿醉在草坡上，於是順道送他們去新北投車站搭車了。妻描述朋友惺忪醉眼在晨曦下看她，宛如聊齋故事裡，自以為艷遇一夜的書生，次晨從荒塚裡醒來的樣子。

　　那時候，黃昏入暗之後的山道上，手把飄動艷色流蘇的重型機車手，後座斜載艷女。穿梭往返小旅館之間。或見跟蹌醉步獨自在瀝青道上的酒女，車燈白光照射下，仍屬單薄身體的年幼弱女……

　　現在，這條溫泉路上舉目看去，如今是「京都」、「淺草」、「亞太」、「岩湯」等等改頭換面的經營者，以「春天酒店」為首的成功轉型，把酒色文化變成「泡湯」、SPA和精緻餐飲的種種昂貴消費了。

　　我站立濃蔭蔽日的山道上，走山踏青的人們背著行囊，頸間圍著毛巾，陸續與我錯身過去。對過即有一條石級向上，那是市定古蹟的「普濟寺」山徑，稍左，有終年水源不斷的石渠自林間泄下，那呈粉紫、橙與黃的馬櫻丹構成一面石牆，更讓我嗅到春郊的舒暢意味。想起這一帶隱在林木間的日式屋子、灑著零碎白光的山道，原是我初居北投時，常常支起畫架寫生的地方。這本集子裡單色的鉛筆畫，大抵是二十年前留下的觀看。

　　一面保持悠緩的步行速度往前進，轉過「幽雅路」的老旅邸「星乃湯」灰色長木屋前邊的時候，身後來了一個戴墨鏡的盲者，邊觸點他的小杖，跨大步超越我前頭，拾級走進那幢保有石燈的舊昔風味旅館裡去了。

　　定居北投以來，眼見的變化固然不少，自己對此地的認識與理解也不斷起著變化。

　　從我現在站立的地方往下看去，一泓白濁的澗水流經北投溪兩岸之間，那表面凝結一層像薄膜似的東西，並隱隱冒著白煙。這是令人艷羨的溫泉區景觀，許多外地來的客旅，為求一次健康的沐浴，而欣悅的不遠千里跑到此地來了。以往，在我尚未遷住北投的時代，也曾抱著同樣的心情呢。而今，成為居民之後，卻意想之外的生出上述的種種煩惱。譬比，假日一到，你家門口、日常行經的道路、眼見的空闊野外等等，無一處不成了遊人如織的「勝地」，夾雜在興奮表情的外客之間，一仍得過著尋常日子的我們，竟顯得格格不入——或許在踏青者的眼中看來，本地居民的臉實在呆板無趣吧。

　　面對新北投捷運站展開的公園區周近，是勝地建設最豐富且成功的所在，環繞大正時代便已闢建的公園林木，平行的兩條大道將它夾圍成綠色長島。大道之一的中山路，沿途排列著凱達格蘭文物館、溫泉博物館、露天湯浴池和親水的棧道，木造亭閣與石砌人行道，一一以典雅統合的美感造設起來，其上還有地熱谷奇景，乃至禪寺、泉渠石級，以及散布丘陵間的現代湯浴館等等，皆屬遊人們熱烈尋訪的北投勝景。

　　然而，初來時頗讓我矚目欣悅的一條老鎮街「光明路」，小格局的郵局、診所、銀行；女裝裁縫店、裝裱店等等，很有生活節奏感的依存在些微傾斜的坡路上。今天已毫無特色的由各種連鎖商店進駐，替代了原有的性格，這現象普遍的使全台灣市鎮逐漸均質劃

一。率先突破那和諧視覺的韻律，是公務機關的大興土木
──超大的市銀行、消防隊、電信局，將我對早先安詳小
鎮的印象，推到遠遠記憶的角落裡去了。

　　大凡久居一地，那熟悉與親切的感情，來自無以細數
的空間、情調與人物間的瑣碎。

　　某年盛夏，我一個人獨個兒坐在倫敦羅素廣場的樹蔭
底下，曾寫下這樣的筆記：「我們的存在感，繫於身周自
己相關的景物，及其所投射的共同歷史。一旦失去這些，
則異國的美，全屬無感，再怎麼動人的景致，令人徒增懷
恨，或淪為一種惆悵心緒的背景。」

　　這感想與華茲華斯旅行所書相彷：「親愛的英格蘭，
離開了妳，踏在別人的山川裡，才知曉我愛你的深重啊！」

　　於我，這番話的意涵，既指籠統的北投一地而言，更
包納著已逝的北投舊日光景呢。

高昳家籍一層天花板

輯一／家居

01 初綻山茶花 →014
02 公爵之死 →017
03 山火 →022
04 母親看花 →025
05 我家庭園 →028
06 崗亭 →033
07 我的畫室 →036
07／1 舉抬右臂的女人 →038
07／2 前傾 →040
07／3 側臥 →042
08 出發 →044
09 涼台上 →046
10 訪友 →049

輯二／散步

01 夕照舊道 →056
02 老站告別式 →059
03 從火車到捷運 →062
04 上班女郎 →068
05 旅邸見聞 →071
06 市集上的紳士 →074
07 路旁偶見 →077
08 看野台戲 →082
09 浴場 →085
10 禪寺 →088
11 寺前的山石 →090
12 地熱谷 →093
13 陽投公路 →095
14 小油坑 →097
15 王家廟 →099
16 沖印店 →102
17 傘 →105
18 賭 →107
19 排隊 →109
20 瀧 →111
21 繁星帳幕 →114
22 速寫老人 →116
23 寫生 →118
24 日式部屋 →120
25 謁墓 →122

目次
CONTENTS

輯三／隨筆北投

01閱報老人→126

02限時專送→128

03俠隱→132

04棋王→134

05賣物→136

06炫耀→138

07小觀察者→142

08騎手→146

09美洲虎→148

10山道→150

11支解→152

12夜戲→154

13失色→156

14行法事→158

15希望→160

16新人類國→162

17生活→166

18候診→168

19枉然牌照→170

20花販→172

21老妓→174

22辦桌→176

23金亭→178

24愛的告白→180

25湯→184

26石工→186

27集合→188

28奴恨→190

29故鄉街舖→192

30空軍大樓→196

31俳句→198

附錄

雷驤的北投足跡／交通資訊→202

輯一／家居1

我的居所在海拔約五十公尺的山腰上,與北投市街保持
某種俯瞰關係。然而,這意識無刻不浸漫我的生活。

初綻山茶花
01

　　妻Amy還是一個少女的時代，我贈給她的第一件禮物是印染的
圍巾一幅。她首度展開折摺，之上的淡雅山茶花圖案，好像在此一
刻逐次綻放開般，在彷彿鋪著雪粉的白色絲地之上。然而一段時間
之後，某次我們在電影館散場的當兒，發現絲圍巾永遠消逝在適才
的黑暗之中了。

　　遺落了為她一直珍寶著的圍巾，妻感到無比沮喪，彷彿這個物
質損失之上的，將是蒙受什麼屬於我倆之間精神上的暗影。所幸，事
實的結果並不如此。

　　搬進山居的最近的十五年，我們對山茶花已毫不陌生，自家庭
園即栽植兩株高大的山茶樹，之一為白，另一株為紅。每在晚秋，一
陣又一陣落過的豐沛雨水，稍後氣候就冷凝下來，這時候，當我不經
意走過它墨綠葉叢，忽然從捲曲發亮的葉子中間，一朵雪般的花蕾微
微張放了，接著繞樹搜看，一朵、兩朵隱在暗綠葉叢裡，但總能逐一
顯示它們的位置來……

　　山茶粉粧玉琢的花瓣，一重重的相互扣嵌，一輪復一輪的演出
姿形。但那無以倫比的嬌豔卻不持久，經過數日，花瓣的外沿便生出
一種焦黃，在花朵仍絕豔綻放的時候，像汗漬樣的浸染它的邊緣，如
斑跡皺痕迅速的爬上美姑娘剔透晶瑩的臉。

　　有一冬，數友來訪，停留在畫室門前對那株山茶樹品賞良久，

終於女客忍不住採摘一朵執在手上，當她出到大門，等候朋友將車調頭駛近的一刻，那朵山茶花忽被碰落一瓣，旋即如骨牌之倒地，白花瓣片片壯烈的落了一地。我看見車頭燈照亮女客手中的，僅是尚存花托的空枝。

公爵之死
02

　　看到叫「公爵」的那隻狗最後幾天的生存樣態，我們不覺蕭然起敬。這樣一隻名種的狗，恰如其分的蹲駐地慣常奔走的草地上。儘管此刻牠已衰病至極，絕不致在此關頭，毫無顧忌仰躺下──像人類在衰病末期，任意擺置自己軀體，以求片刻的安適。

　　「公爵」尊嚴如常的伏在我們庭園裡，靜止像一尊動物銅像。除非你靠得極近，也許會看到，牠偶爾因胃冷剛嘔吐過，消化途中如糜的食物，混合著唾液、胃酸，落在鮮綠色的草地上白白的一攤。

妻子猶記得，初來北投看房的時候，「公爵」盤據在車庫頂上吼嚇的聲勢。直到主人走近了，作出預備接待客人的樣子，牠才恭順的貼靠主人身旁，改成含蓄的嗚嗚。

　　妻試著表示友善，用手撫摸牠高大的項背，那一身烏亮的鬃毛，倘使用手逆向倒梳的話，便像覆密的鋼絲一般扎手。

　　那幾天，妻反覆向我提及接觸巨犬的奇特印象。

　　不久，房子談成了。屋主個黑漢子，形貌上似也看不出早年養尊處優，而今家道敗落的形跡。末了，他忽然要我們一併收養那隻犬。他用了這樣的說辭：

　　「你們看得出，牠是名種。——從小我們就喚牠公爵的。在郊區住家，養狗很管用的……這是我的經驗之談，」他臉上有一種自嘲，或者其他複雜的表情；也像這項介於好意的致贈或者請託收留兩者之間，甚難分辨一樣。

　　因為我們沈默，接著他才用一種悲涼的口氣說：「公爵出生不久，就待慣在這裡的，住了十四年罷……現在我要遷去的地方，是公寓七樓，牠一定無法適應的。」

　　狗的舊主終於將牠委贈之後，我們目送男人落寞的身

影，沿著石牆下坡走去。他踏過掉落地面成大片圓形的桃花碎瓣，踩過的地方即成花泥，男子卻渾然不覺。看著成泥糊狀的落花，我和妻子都覺得可惜，當然，這是初搬來郊區住，對一切格外珍惜的緣故。

「公爵」不久就習慣我們的飼餵（雖然我們從不曾有過經驗），牠在新的家庭秩序之下生活著了。屬於庭園以及牆外道路上的動靜，一概以昔日的勇猛守護著。奔前竄後，好像服勤和效忠，並不因換主而更易。至於人犬間的親密之情，則始終未發生過。

「倘使，牠重回昔日主人懷抱的話，又會怎樣呢？」有時我不免這樣想。

時間過了三年，公爵畢竟衰老了。

「依照狗齡的算法，大約相當人類九十歲了吧？」妻有一次閱讀到相關的書時，這麼說。

我們漸漸聽到公爵的咳嗽聲。起初，在郊區寂靜的空氣裡，猶如庭園中忽然闖入陌生人一般，我們被那種酷似人類的聲音，嚇一大跳。大約牠的呼吸器官那時開始出現毛病，——有時候是噴嚏，聽久了，那和咳嗽之間的音色，是可以區別的。另外，犬類的老年性關節毛病也極普通；楚痛使牠奔跑起來，微曲的提起前左腳離地約幾吋。但為了服役的忠誠，公爵後來竟漸漸練出一種僅用三足的

顛跛式奔法。

有一次，我們在催眠的夜聲中，辨聽出後山坡上，一種悉悉嗦嗦的彷彿撥草前進那樣細微聲息。

「有人在後院嗎？」我一骨碌翻身起來，眼睛在夜暗中搜看。

那裡是甚少加以整理的竹林，以及各種蔓生的雜草。公爵顛動的黑影在草間尋覓，時或停下來，對某一科屬的株莖嗅聞，且加咀嚼。衰老的身姿，像在月下採藥的老人。牠用嘴顎撕裂野生植物，或竟連根拔起，對我而言，發生種種聯想起人形的活動……

獸類憑直覺尋取某些草本自療等等的事情，我們雖然也聽過，但在公爵身上施行的實際效果，僅只徒然。我們請來了獸醫，雖也打了針，但問起病情，那年輕的醫生只說一句：太老啦。

最後我們看到的公爵，就只伏在綠草地上，拒進飲食，但以其高貴的固執，保持塑像之姿──然而畢竟趴下貼合地面了。

獸醫又被我們召請來。事先電話裡他的唯一結論是，

最好「加以處理」。意思是：為了牠，以及周遭關係者過度且毋須的痛苦，職業上他建議讓公爵「安樂死」。

「……事實上，僅僅簡單的一劑注射。而且如果您們需要幫忙，屍體我們也將代為處理。」

公爵會見行刑者的時候，仍安詳的蹲伏牠平日馳騁的草地上。雖在和煦冬陽的照曬下，卻因生命持續緩慢的崩潰，而一直輕微顫抖。獸醫平靜甚至和悅的取出他的針劑……

妻和我不約而同的掉轉身去。不久，獸醫將公爵完全靜止的身體，小心翼翼的裝入預先帶來的一只袋子裡。獸醫提拎著離去的時候，我看那仍能隱約辨認的袋中形體，竟不可思議的渺小。

山火
03

　　入晚了。忽聽見消防車的笛聲，刺耳地打從素向寂靜
的山道上傳來。

　　母親在世的時候，一年中總有兩次在我家小住，她常
常抱怨說：「你們這兒怎麼老是失火？」

　　住在半山腰的家，再往上，居戶便罕有了，逐保持著山岩和林木，是北部大屯山系的餘脈。有一回荒野保護者徐仁修來訪我，同他一起步向後山的時候，從茂生的植被相之中，他熱切的向我解釋了原生林由於天然火災而不斷演替的情形。

　　另一時候，我懷著愴然的心緒獨自走繞山林，也常見整片谷地燒得片甲不留，成為焦黑的岩塊和土地裸露著。周邊的那些林木尚未波及，卻因一度的高熱，而枯槁呈紅棕色的松林。這末世樣的山景，倒契合我那一時的心情，往往就取出本子駐足畫了起來。

　　總之，這種天乾物燥的時候，一點星星之火，引發山林焚燒不止，是常有的事。這也即母親會聽見救火車由遠而近，復又遠去的情形。頭一回，那淒厲的笛聲在空氣中徹響的時候，母親簡直慌張起來，由於晚年的不良於行，加上我們住的全棟木造房子，一旦延燒的後果，她大約已陷於恐怖的想像中了吧。事實那一輛接一輛的消防車總是奔馳過去，盤繞過重重山道，往我們看不見的遙遠火場而去。

　　只有一次，Amy和我從黃昏的台北回來，駛在山道的中途，被交通管制停泊在路旁，待下車看的時候，青煙和黑煙迎風竄上空去，接連山坡約五十碼的地方，火苗正漫燒著，濃煙一時間把陽光隱沒，路旁聚集的人們，在陰暗光線裡臉上顯出憂忡。雖然相對於曠野，那著火區的範圍非常小，但是隔著公路那兩台救火車，已經牽起水管奮力向上灌救的水柱，看起來猶如兩個男孩向草叢裡撒尿

一樣，微弱到全然不起作用。那一場火災如何結束？我們繞道而去，已無心過問。

現在，一陣緊似一陣的笛聲彷彿就在鄰旁，從庭園裡衝進來的Amy對我說：「快來看，大火就在對面山頭！」

從Amy手中取過望遠鏡觀察，對面山頭那燭照紅亮的夜空中，在白色煙霧裡婆娑搖曳的高大樹影，經由透鏡聚焦纖毫畢露，但旋即被捲進火舌之中，火星迸開在林間竄飄。

火苗像點燃火把的人列隊一樣，從稜線以北，向著我們燒出一圈心形，火的線廓迅速向四緣擴大。如若不加細究，頗像似某種山野裡的節慶項目——數百人手執手炬向四方奔散開去。

雖然從笛聲判斷，救火車出動總在十輛以上，而依據上回火場所見弱水柱的印象，心中真為救火員們焦急。

少停，我進屋來接聽一通電話，再步出庭園的時候，Amy更顯得高興的說：「大約他們開闢火巷成功了吧，我們真該向救火員致敬呢！」

對山已漆黑一片，頃間的熱鬧場景，此刻靜寂在黑暗裡，彷彿什麼事也沒有發生過。

母親看花
04

　　九十歲的母親被迎到我家來暫住一陣子了。午覺醒來，她聽從兒子的建議，坐到起居間的落地窗前，看出庭院裡盛開的紅白杜鵑花叢。

　　要這麼坐著，可得費很大的力氣，母親的腳自小是束綁過的，後來爭得唸新式學堂，才又放開了。但腳趾的骨頭卻已經折曲，再也伸展不開，萎縮著一輩子，到了年事高的時候，腳面厚厚的腫脹，大概是血脈不容易貫通吧，這是一層。不良於行最主要是六年前摔跌過一次，骨盤連接處的大腿骨節斷了，醫師給裝了一個不鏽鋼的接頭，手術以後醫生告訴家人說：一切可以慢慢復原。一面搖

晃手裡拿著那個盛著取解下來的斷骨的鐵盒子，發出撞擊鐵器的喀啦、喀啦的聲音，於他好像吃完的便當盒裡有一塊剩下的骨頭似的。

　　但素向喜歡四處走動的母親，自此對走步失了自信，據她說：站著看，彷彿地面是向外傾斜一樣。唯恐一跨步就會向前滑倒，於是用了復健的四腳扶杖，成為習慣。

　　老友來看她，說是：「傷筋動骨一百天哪，那是對年輕人而言，我們老年人嘛，恢復得有三年，妳可不要心急喲。」因為老友自己也曾跌斷過腿，爾今己步履如常了。

　　但是時序又已過了五年，母親行動力並不見好，那個勸慰她的老朋友，卻已經逝去三年了，她的話在母親的意識裡，也隨著說話者本人的死去，而成為不能兌現的謊言……

　　事實是母親已放棄了復原的希望，雖然子女們勸她勉強行走，但她做不到，肌肉愈形萎縮之後，依賴四腳扶杖逐成了常態。

　　我家庭園裡恣放的杜鵑花，沿著一排低矮的七里香背後，形成一堵花之牆，去年，母親被迎來的時節，花朵雖仍盛放，卻已是強弩之末，母親從噴火的花形中，看到它

們即將萎頓謝落的前奏。

　　此刻，把扶杖擺在一邊，靜靜的注視窗外風景的老奶奶，背影上衣衫的碎花朵，與眼前像一幅巨大花屏風融為一體了。

　　夜暗悄悄掩來，母親一動不動的沈浸在風景裡，究竟蒼老的靈魂掛牽著什麼呢？

我家庭園
05

　　這一回從我們扇平轉返北投的時候，車上載著唐竹的地下莖一截，用水份浸濕它綿密的根鬚，包在一只塑膠袋裡，之上露出切削成尖銳的三節竹稈來。

　　託友人之福，特從竹類標本園裡掘來，並且專業的作成如上的處理，以便長時間的運載。這唐竹的姿影，十數年前初見時，即留下愛慕的印象，那是栽植在溪頭某旅邸的中庭，憑窗可依的小小園子，只七、八根竹稈直直的伸展上去，一簇簇的竹葉僅只聚生在它們的中上部，底下的稈莖細挺，竹節又特別膨大──就像傳統水墨畫裡高風亮節的竹畫。那時候想：倘設自己的居處擁有一叢，則眾多古典的風雅，必能引入我的生活中罷？於是我渴求它的分株。

　　上年去扇平林業試驗分所──曾經是日本人為南進略地而成立的植物庫，經過園方的許可，我採集了五株小小的咖啡樹苗，是Alabeca種屬。現在有三株存活在庭園裡，間雜在茉莉、桂樹和變葉木之間，雖然這幾株阿拉伯咖啡樹並無「成樹」的跡象。

　　這回我在原生地見到高可十尺的樹上，結著紅紅的咖啡豆。據試驗所的研究人員說：採摘成簍，依書本登載的方法烘焙過。烘焙時的香氣撲鼻，以為台灣本產的咖啡即可望上市，然而繼蒸煮之後，卻剩下苦味與黑色的汁液而已⋯⋯

　　喜飲咖啡的我們家人，僅只希望未來在咖啡結豆的樹下啜

飲，能夠眼望那晶紅的珠粒疊疊便已滿足。

　　在一排七里香樹籬的後側，聳出一棵疏落的印度櫻，初夏的現在，即已綻放桃色大花，在滿眼綠色之中，常常引動書窗前我的注目。

　　這株印度櫻不像似一般在路旁：或公園所見的那樣，羊蹄形的葉邊不時呈現焦色（即使花朵盛開），像一個為眾人所賤視的婦女，樹身更是蒙上一層塵埃，那綠也不免呈顯灰撲撲的調子。而這棵印度櫻樹在庭園中的淨美，猶如它的母株在斗六某友人家的樣子──那是高大的連成行列的一排，我為之側目停望許久，於是朋友便取來一柄圓鏟和一桶水，叫我從附近發苗的幼株中，自行連根掘起帶回。

　　那近午的烈日曝曬下，扶握鏟鍬的雙手（因為習常只是拿筆）感到此時土地的堅硬如鐵鑄成，一桶水注下，立即吸乾，而不改它的硬度。汗雨浹背浸腹而流，這是半句鐘以後，我獲得兩株小小印度櫻樹苗所應付出的。

　　回來以後，選擇這道長二十公尺的矮樹籬尾端，那一處小小的隙空，將它倆隔距五十公分種下。不到半月有一株夭枯了──大約自願把土地和養分讓與了這孿生的一株，因而現在它得以高大了……

　　幾乎在種下印度櫻的同時，我在杜鵑花叢與畫室之間，——離印度櫻苗不遠的地方，發現有一株更其短小的樟樹樹苗落了腳，大約是屋後那一棵覆下巨大華蓋的樟樹的自然分株。當時因為彼此皆幼小，覺察不出相互競生的危害，而沒有作拔除的決定，現在可以看出它們葉叢彼此趨近的威脅。

　　就在我坐落書窗之前，覽望這高低起伏著、各具不同樹貌的綠色，回想著一部分歷經我手的「樹史」，不免感到一種幸福。關於植物的知識其實一點也不曉的我，在出生的城市中，九歲以前，除了偶踏公園以外，從未見過草地；至於樹木，也只認得一種——即全年夾在樓廈與車流間的法國小種梧桐樹而已。

　　現在我瞥見庭園中斜對的一株非洲紅，冬天幾已落成空稈的枝端，現在又發出深紫紅的葉子幾枚。早先大約有十年的時間，我們都看著它——仍從園圃裡購回的樣子——始終在白缽匣裡維持三尺的高度，以為是什麼專供觀賞的侏儒植物，有一年將它直接移栽在土地裡以後，忽的抽長到身高的五倍，以及料想不到的茂盛。

　　正對面這棵光禿禿的的烏桕，爾今也在枝梢掛留著幾葉嫩綠。這棵眼下極其高大，夏天在前院中擁有首席蔭蔽的烏桕樹，幼苗時代是歷經過數番劫難的。

　　原是附近山上的種子不知什麼時候飄來落腳發苗，我們的老

園丁一見凡非故舊，即用巨剪截斷拋棄，它的運命連連幾番如此。直到有一天，妻子在它不折不撓拔長的枝枒上，繫了一條紅帶子，並耐心的叮嚀老園丁：見紅請刀下留情……，已經十五年了，烏桕成為我們庭園裏歇涼的中心。

此刻我又回首那株臨時浸在荷缸裡的唐竹莖，未來我將怎樣栽植？

賜我竹苗的朋友說：切莫把竹栽在土地上，它的繁殖將一發不可收拾。

唔，我得去尋一口長一公尺的木箱來盛土，然後將唐竹埋進。也許有一天，朋友們將會來分享它月下的婆娑姿影吧？

崗亭
06

日常的漫步，從岔路匯入主道有兩種選擇：向左，或是向右。

　　倘若想往禪寺和溫泉路方向的話，就選取右轉，打從褐色石牆的那幢久空著的別墅跟前走過，然後行經夾在山莊之間的山道，一路向西。

　　然而，這樣必得從山莊的警崗前面通過，那鋁材構成的亭間，有一張日日呆守著的老警衛的臉，說起來是我不願面對的。每當他出現的時候，我便刻意避開他期待招呼的眼神，深呼吸並仰看天空，或是故作對反向的某一事物的專注，就這樣刻意的與他錯身而過。

　　最初，當山莊建成不久，派遣警衛駐崗的時候，我也曾回應他客氣的問候。審視從洞開的玻璃窗透出的臉，那是一張令人印象深刻的面顏，狹長而蒼白，好像某個退妝小丑的臉──你發現那分外的嚴肅和端正，與職業上的表現恰恰相左。為此，你忽然感到人生的無趣。

　　之後連續的十年，每經崗亭就必須應和他空洞的招呼，引起我對自身的嫌惡感──既不願付出真誠的交談，一味表面敷衍，使這樣的禮節看來像似向安全人員必要的身分表達。

　　一有了這樣的惡念頭，我便採取上述的迴避方式。

　　但是我可以想像那張無辜的臉，對我那異常的行為怎樣困惑，不過，他也只好悲哀的默受下來吧。

　　在我這一方面，每天兩回路經的時候，也必須讓自己做作起來。老實說我到底也說不出嫌惡他的理由。

　　有時候，從眼睛的餘光仍能覺察到那張對我不抱希望的臉——現在是從崗亭窗邊新裝的後照鏡裡看到他——雖然像丑角卸了妝，仍不免留下成為五官的根本，那兩道弧形的彎眉、長鼻樑和嘴角的細紋，也就是這張臉，對我日日的進出監視著呢。

我的畫室
07

　　畫室終於來了一位體魄經過多年鍛練的女模特兒了，這是聲明不用男模特兒的我，也無法拒絕的事。

　　她每一凝凍的姿形，都顯示充分操練過的小肌肉──對於解剖學的一種明晰的表白。然而，為找不到女性裸體的氣質，我擲筆了。

　　若干年前我在《Photo Japan》的雜誌上，看到梅波索普傑以「一九七七」贏得第一屆世界女子健美大賽冠軍的莉莎・李昂為素材的裸體攝影。看起來那完全變造過的塊肉疊疊雕塑般的裸體，雖然可以解釋為「女性重塑自己獲得了力量」，但也容易被聯想成「對男性身體拙劣的模仿」。

　　奇怪的，為那冊攝影集作導論的查特溫，卻那麼相反的寫道：
　　「顯然她的身體是最高級的──小、軟、滑，沒有一絲肥肉。」
除了最後一句的陳述接近真實以外，其餘的主要描述，好像說明一個我們彼此認同且熟悉的理想女體。

　　當期的《Photo Japan》就是莉莎滿身甲冑似的裸體，作了全版的封面，但是在下體阜部，用簽字筆粗獷的預先作了塗消。這也許是格於日本出版業公約的「不露毛」，然而那惡戲式的筆觸，予人的印象並非掩藏，反而形成一種「標示」呢。

　　對人體解剖學毫無興趣，只追索整體感覺的我，不免為那些瑣碎獨立的肌肉塊所分神，何況它們之於我，並非造形上的素材，不過是常年機械式勞動的結果，或竟是物質性的消耗性的陳蹟罷了。

舉抬右臂的女人
07 / 1

　　關于裸體的繪作，一般只有簡約的題稱：《裸女》，或《裸體習作》。但有些畫家終其一生有數量龐巨的同類素材，藝術史者為辨識指稱而賦予不同的題名——依據其特徵，如衣著類的《戴闊邊帽的裸女》；《穿短靴的裸女》；《掀起裙襬的裸女》；姿勢類的《雙手抱膝的裸女》；《抬起右腿的裸女》；《俯臥的裸女》等等。即使如此說明，她們間的雷同性一仍很多（譬如Klim；Schiele；Rodin等人留下的大量素描和速寫）。

　　人們裸形時最直接的生命意象即為「性」這件事，為此上述諸人的作品中，不乏要求女模坦率作出自慰的情態。——這類姿形在題名上卻十分含蓄，諸如：《休息中的女人》。同性戀大膽的素材，也大抵題稱《兩個女人》或《擁抱的兩女》，至于兩性歡愛的圖景，只保守的題稱為《戀人》；或者更單調的稱為《夫婦》，如此命名下去。

前傾

　　看似凡常的姿形，如要保持這樣微微弓身不變，且重心偏移的樣相十分鐘以上，難度便非常高，非職業模特兒不能達到。

　　為我擺出此姿的法女馬蒂樂——我常常寫到她，周身為一層極薄的皮膚所繃緊，幾近透明的表面，附著短短的、金色茸毛，只有在某種光線的角度下，才看得見。

　　異國人種學的特徵，讓習于本族人體的畫家攪亂了心中的比例尺度，難以把握全局。在台北，偶或有機會催請到外國的人體模特兒，當面臨比較之時，往往覺得彼人肢形之「修長」，而非本族人種之「嬌小」。

　　法女馬蒂樂每週上健身房鍛鍊，但卻十分怕冷。當她裸裎工作時，畫室裡冬天的暖爐位置、夏天的冷氣吹向，便得不停的移動調整著。

側臥
07 / 3

　　一度與畫友五六人聚集在一間頗為狹窄的工作室中，催請模特兒前來工作，我們必需放棄固定的畫架慣習，而用硬墊畫本從事。即使如此，畫家們與裸女間必要的觀察距離，有時竟也失去了。

　　就在這樣的空間裡，第一次會見模特兒周，這麼一位高大白晰的美婦人。印象中，她擺出立姿時，頭部似將碰觸天花板；而橫陳裸體的話，地板幾為她所滿據。特別是室內的空氣隨之稀薄起來，大夥兒感覺上好像吸不到氣似

的緊張。

　　也許是工作太累的關係，這位大個兒美人比較喜歡擺出臥姿，然而也使我們擔心在此狀態下，她不久就睡著了呢。

出發
08

　　明天，我即將再次出發遠行，走在吾家附近的山道上，眺望近在眼前的臥龍山山巒，那因為春天的到臨而起著種種生態變化的植物相，一方面飄散出一種腥羶的生殖氣味；一方面表諸視像的，則是嫩芽的鮮綠以及淡淡的肉色，從整體看，無非是一片繁雜多變的色澤。

　　因為旅行成為我的職業已越十五年，照講行前應該十分恬靜才是，但事實是從未適應過來。瀏覽我家周近的景

致，竟生出無限悵然的情緒，而前程一如眼下山道的彎處，隱沒在不可見的地方呀！

涼台上
09

　　同住在北投山腰間的朋友，在五樓頂陽台安置了枯木根鋸成的茶桌，懸吊了圈椅，成為待客沏茶的好地方。因為住得很近，我們常常散步的時候彼此相邀，反倒鮮少登樓去聊天。

　　記得將近二十年前初次坐上朋友的涼台，主人看我心曠神怡的樣子，很得意的說：地方雖然簡陋，景致卻得天獨厚呢。

　　朋友指的是：這幢樓首當一條極陡的坡路路端，正前方感覺像塌陷似的地形，而背後又一條山道打橫的從三樓的高度經過。但就是由於這樣的奇突，涼台的前景才豁然開朗。我望見極遠的關渡一帶山崗，那基隆河與淡水河交匯處銀灰色的河道，在寬廣無比的雲天之下，閃爍光芒。

　　「呵，原來這裡是覽看夕照和雲彩的好地方呵！」這是我當時由衷的讚歎。

　　然而在日後的歲月裡，每隔數年總有機會上朋友家樓頂眺望，景觀卻一回回的急遽變化著——都會人口的膨脹，建築商人的眼光迅快看中這個尚有餘裕的郊區了，不旋踵的，房屋像種植似的一幢幢聳立起來，使那位朋友感到放心的獨特陡地形，也毫不例外的擠塞著建設，終於滿滿的散布在整座山坡之上了。

　　每回登樓，我都信手塗繪一幅圖景，排比在面前看的時候，只見樓屋彼此崢嶸，天空日益縮小下去。

想起曾經說過「這兒是看雲的好地方」這句話，自己也莫名的感到悲哀呀！

訪友
10

一棵松樹聳立在五層公寓前邊，但它的針葉呈一體的紅色，使人懷疑可能是另一樹種，不過，它確乎是松。即使像這樣的市郊，巨大獨立的松樹也並不常見，我趨近去，看見松樹裂片狀樹皮的傷處，流出黏黏的汁液，彷彿人之滴血成流。

　　登上建築物的頂樓，我敲朋友的門。作家開門見我，旋即向上伸展自己的雙臂，像剛睡醒的樣子。雖然此刻到訪，已經上午十點，正是一般上班族忙碌的時候罷。不過，作家也算作某一種失業者，所以，當在他的書室坐定以後，我仍為未經預約的造訪致歉。

　　「昨晚因為想一口氣譯完那一章，就寢的時候，看看鐘，已經超過了四點，所以……」朋友一面又伸展他的手臂；並且把胸腰間的肌肉，左右扭轉代替以下想說的話。

　　經過伸展懶腰，朋友這時似乎才完全清醒過來，往廚下煮水砌茶來接待我。因為家裡人上班上學早已走空，作家往復書房和廚房間，顯得茫然無緒。恐怕這也不是他所能持恆下去的生活秩序罷。

　　「正在譯的小說是……」我問。

　　「啊？喔……就是正在連載的所謂大眾文學呀。」敞著

門的盥洗間傳來朋友刷牙，發音為泡沫阻撓的語言。

「昨夜翻譯的，是最無聊的一章，所以想一口氣將它解決⋯⋯」

片刻後，朋友以梳洗整然的面容再度落座，從我看起來，他的形貌這才與矮几上精巧的茶具，頗相稱合。我們談了些糊口生計的內容——關於譯作的事。

書室雖則仄窄，但佈滿引我興味觀察的事物；各種與讀寫有關的東西。甚至一個幾乎被書物、唱片、卡帶所淹沒的音響箱，再次被我留意到。

那些唱片、卡帶的曲目絕非貝多芬、普羅可菲也夫之流，而是舊時代的日本流行歌曲——這件事也曾是上一回造訪時的話題。

「學日文，開始是因為年少的時候極愛唱日本流行歌的關係⋯⋯」那一回朋友當作私己的辛密那樣，透露給我。

「直到留學時代的最後一年，第一次有機會離開長期生活的東京，乘坐開往九州的船。內海航行交通船班，停泊不少小島，現在還能憶起那麼一種味道——看到攜帶農產品或是重物的、鄉下男人和婦女；船頭在陰霾的海浪上突進；這時才不由自主的想起：在台灣老早學會的那些歌謠，原來是在這樣的情狀裡產生的呀⋯⋯」

我自己常時聽的是西洋古典音樂。雖然能十分領略朋友描繪情景和感觸，但那次的話題也只好就此打住。

　　這裏公寓五樓。即使是席地坐著，書房的寬闊窗外景致，極其邈遠。晴朗日子，可以覽見數公里外的關渡平原；向南，朋友指陳野草繁連的山丘，——因為甚遠，我什麼地物也看不清楚，但他仍熱切的介紹說：

　　「就是那個地方，闢有一座寬廣的墓園，年輕時候常躲在那讀書呢。守墓人跟我是極相熟的。」

　　我站起來向窗框靠近。一條極陡的彎曲的公館路，自山腳盤繞過友人的公寓前邊。後來我終又見到門口的那棵巨松，廣如華蓋般的針葉，一體呈了褐紅顏色。

　　「那是怎麼回事？忽然乾枯嗎？」

　　那青翠松針的枝枒，巍然聳立，達到四層樓的高度，原是朋友書室外令人稱羨的一個標誌。

　　據他說是不知情的鄰居，為了燃燒一堆雜物，堆聚在松樹底下的曠地，「……足足燒了有個把鐘點，隔兩天，松樹就變成這樣了，恐怕活不成的。」作家無可奈何的說。

　　辭別後踏上山道，奇岩路邊上搭起一片遮陽的白布篷，在一列巨大的岩石邊旁，兩個用鋼鑿和鐵錘工作的人，在此作起臨時的採石場。把這種質地並不細密的砂岩，切割成一塊塊，供人築牆砌道。

　　我繼續走下去，正有一大片用砂岩砌成的舊石牆上，瀏覽它們褐黃多變的調子。之間，我發現如浮雕樣已經石化的莖胍，大約是亙古植物的一部分吧。

　　對於人類短暫寄居地表這件事，我自身真切的領悟頗遲。不過，今早我彷彿突然明白：人們持恆的改變著地球表面，自古至今，只是時而緩慢；時或令人驚怖的劇烈。

輯二／散步2

以移入者之姿落戶北投，與偶一踏臨者的眼光自有不同，何況二十年的時光不算短促呢。

夕照舊道
01

　　夕陽曬著小站鐵道——那還是北淡支線的時代，褐色的石碴和舊枕木，顯出一種調和溫煦的調子。暖陽的光線斜進短短獨立一節的藏青色的柴油車廂——新北投駁接的單節柴油車。前排位子的地上，擺著空魚簍，斜倚扁擔。穿了膠鞋的十分疲累的販子打起盹。——雖然這趟車只有

一站，為了從新北投到北投，為北淡線轉車的乘客而開。簡直可以用步子計量的短距離，人們設若只為這段間距，斷不會煩勞搭乘火車。

　　車廂裡整齊的窗格投影，描出立體的人形，印在褪色的綠皮高靠背上。許多時候，我們會為重溫久遠前熟識的景物，而出發旅行。現在，面對這些，的確給予我異樣的筆觸和心情。

　　繪畫的寫生，大約隨著學生時代離我久遠，現在確乎十分生疏了。不過，相對的是將包括視網膜以外的氣氛，一併搬移到畫面上去的強烈的嚮往。我於是在月台以及停佇的車廂之間，往復上下。

　　因為短程顯得閒散的乘客，逐漸三三兩兩聚多起來。多半人們並不留意我在紙上塗抹什麼──一本用手掌撐著的白簿子，此外道具也僅只一枝平常的細筆而已。

　　一個年輕女士的眼睛，隔著車窗望過月台這邊來，並且疑惑的頻頻轉頭，搜尋她的周近到底發生了什麼事，──有人正熱心的繪寫呢。

　　女士的面廓明晰，透出某種古典的情態；髮式也是那種「復古的時尚」。

　　啊，身周畢竟什麼事也沒有發生，女士環視一圈以後，心中

想。那——繪寫的對象正是自己嗎？當她領悟了這事，而羞澀綻開微笑。從我這一方看，在窗後光影閃爍的她的臉，頃間正緩緩滑出我的視界。

此刻單節車廂已經漸漸駛離了。

老站告別式
02

北投老站要拆了，至多延到夏末，在此之前，火車班次也將停駛了吧，這一條支線曾搭載我二十多年。在都會捷運系統的計劃裡，這條北淡線鐵道成了重複和多餘。不過事實上，除開列車到點前後的幾分鐘之外，老站早就像撤離廢置也似，空寂已成為它正常的狀態。我因為試著描繪老站的空氣和氣氛，一回又一回的守在那兒。

　　一個大學女孩揹著一包相機，出沒在候車室、月台；有時面對柵欄鐵軌，高高瘦瘦的樣子很好看。我們談過話，她為了完成學校的攝影作業，專題叫「老站之冬」。

　　「唔，就是指的這條將拆的支線啦，一方面當然因為是冬天拍的嘛……」這是她給我的解釋。

　　「要拆，談了很久了。」我說。

　　「你不知道嗎？拆是一定的。」

　　我看到她說服站上的年輕職工，一排立在月台的站牌前留影。之中的一個，鬈髮從制帽舌沿優美的四方竄出。他和他的同僚，擺出告別，卻又像一個玩笑似的臉容。我腦子裡恍如有一組引爆的裝置；以及若干台推土機，已在不遠之外預備就緒。

　　現在，女孩把小站告別式攝留在底片之後，滿意的走了。我看到候車室裡一個頭戴斗笠的赤腳大漢，濃黑的眉目，四肢粗長。那樣貌，理應在田間忙於農事，但他的襤褸說明了異地的流落，神色也顯示與體貌不相配稱的失緒，——正躬身揀拾剛剛離去的人拋落在地的菸頭。

　　「來，」候車室長椅另頭的一個老人喚住他。慢條斯理的從整潔的白衫口袋裡，掏出一包菸，抽取兩支遞給他。

　　當流浪漢啪嗒、啪嗒吐出青煙的時候，我看到贈菸老人起身去開啟站裡的一只垃圾箱，把箱底三個鋁鐵空罐揀出，放進先前擱在長椅底下半鼓飽的尼籠袋裡。

從火車到捷運
03

北投捷運站 2002-12-3

　　設若有一個閒人，常年以居高的角度，俯視北投市街的話，他不免留意到夾著小小畫本的我的身影，穿梭在鬧街僻巷中，與他一般無特殊目的地觀看北投種種了。

　　從光明路的任何一端看過去，像鎖鏈一樣串連起的美髮美顏店，每在黃昏，吸進大批蓬頭垢面的年輕女人，不久以後，從店口吐出彷如一式的時髦女子。在店的裡間，兩個熟手師傅在躺平的女子臉面上，不假思索的打底上

彩，像外銷畫的生產線作業，頃間即行出品。對於我的趨近觀看，
甚至用畫本描寫起來，她們有時只得容忍。這些女子，即不久後出
現在旅店酒宴上，以知名女星的字號週旋其間。

　　曾看過一冊西方的兒童讀物——關於一個都市的形成與變遷。
那是本一個字都沒有的圖繪，每一幅圖頁，皆為獨立單張，畫家用
了社會學和歷史學的方法，把某座德國城市，從二百年前人口稀疏
的農業村聚，一步步形成了都市的流變過程，寫實的呈現出來。以
固定的一個角度，同一個空間視野，描畫它在不同時代下的樣貌。
讀者從村集形式到目前的都會商業街之間，比較出時代演替的意
義。譬如：街角一爿戰前為BMW汽車商店，在戰後變成美產的奧斯
摩比；並在不遠處亮起柯達軟片，取代了原先的愛克發招牌。翻到
六〇年代的畫頁，則大量的日本產業意象的移入，SONY／NISSAN等
等。此外，擴充縱橫交錯的立體高架路，時代不同的人們衣飾等
等，顯現了細密繁富的訊息。

　　彷彿肩負這一類市街演化論圖鑑的使命，我踟躕遊走北投，以
一己的圖錄法描記它們。設若在北投定點取樣，最好的一段，莫過
於從新北投圓環向南延伸的光明路了。古早的景象迥異自不必說，
那些現時仍殘存的竹器／五金店／鏡框／刻印／裱背店；陳列著四
〇年代美女表情模特兒的女裝店；樸素的漆著紅白相間的條紋，裡
面有古式椅座的理髮店；門口坐著熱汗涔涔的老翁及老婦的溫泉浴
場……這一些舊時代的生活影像，隱在那些耀眼的新店面的邊陲，

昏暗無光。

　　──美術家呢，

　　有時候，我手中的畫本偶會得到一二知音的讚賞。

　　──你們來看哪，畫萬居仔泡茶哩。

　　那個萬居是位老先生，此時回首顛動他的巨鼻，向我
微笑。起先發話的人，認真的問我。

　　──你一定賺了不少錢吧。

　　有時候在銀行櫃台描畫那些點數大疊鈔票的人，以為
會遭到警衛的質疑盤問，哪知道從無人理會，彷彿我這個
跟前跟後的「美術家」並不存在。

　　一串六節的北淡線火車，過了平交道的轉變處緩慢下
來，車列向離心的外角傾斜，然後煞停。人群從車門傾倒
出來，紛紛落在鐵軌和碴石上。這是數十年來北投小站王
家廟的固定風景。把每日沿中央南路兩側廠家的職工們，
運送到此。

　　不遠的鐵道邊旁的隙地上，一個老人揚起手上的長柄

勺，撥出水光薄薄的一片，罩下來落在腳前的什麼植物上。走近了，赫然是開得繁茂的天人菊，在那塊不及五平方碼的礫石土地上。

我駐足同老人搭訕。原來是從澎湖到城市來接受子女奉養的呢。因為做了一輩子農夫，見不得一塊土地空著——且不管是誰家所有，總之是閒置著。

——種花嘛，人人都好看一看的，只要經過這裡。

銀髮平頭的老人，再度把長杓裡不知從何處弄來黑濁的水潑灑出去，猶如身處良田阡陌之間。至於身週陣陣逼來的市聲，好像一點兒也進不了他耳膜的。

——唔，這種籽是澎湖家鄉帶過來的。

忽然他拔起一朵花兒，從裡頭剝出一小撮黑絲狀的花種，遞向我。

——隨處都可以開花的，幾乎不需要什麼照顧。帶點回去吧？

這一些，跟著八八年淡水線的廢駛而終結了。那套新的交通網路系統，正重疊在原來鐵道上，那種植在窄窄的鐵道腹地上的天人菊消失了，整個被捷運工程局的鋼片圍籬包裹起來。一段時日後我

重又經過那附近，照拂它們的那個老人，此刻也許就在對街某一幢公寓的窗口，遙望這些用來隔開的藍色鋼皮。為此，他失去了勞動的愉悅而怔忡罷。

北淡線火車是廢駛幾個禮拜之後，我走踏在枕木上，卻驚奇的看見綠色的雜草，從碴石縫裡奮勇的伸展出來，如手指般的身姿，去勾攀那硬冷的鋼軌了。

又過了一陣子，這些舊軌被一截截拆走。附近有個黃昏市場——由於起初的縱容，終而壯大到幾無奈何的攤販族群，在數十輛警車的日夜戒示下，漫長的市集攤棚夷為平地，讓位給捷運局興工了。然後又過了許久，模板卸去，蜿蜒城市的水泥恐龍逐段現身。

久違的友人忽然來訪。見面道說北投的流變大，到處是新路新廈，幾不能辨識方位。

——後來知道我怎麼找到你家的呢？
朋友得意的笑了。

——我記得這條唭哩岸山，以它的走勢，同目標物的相對關係，就定出你們家的位置囉⋯⋯

　　他的言下之意甚明：唯獨自然界的山，是亙古不移的。因此情愛中的男女誓言，以山海為榜樣，這樣流傳下來。然而我和朋友正這樣欣慰著的時候，立在庭園裡望著唭哩岸山脊上，忽然突伸出一隻斗車的手臂，將稜線噬咬去一口。那遠看像甲蟲樣的工作車，原來已在石牌的陽明醫學院山頂開挖多時，此刻才翻過山；被這一邊的我們所見。朋友與我對望許久，心裡彷彿一時都找不出這地球上有什麼不變的事物來呢。

上班女郎
04

　　午後。這條溫泉區老街的美容院裡，常常滿坐即將上班執壺的女郎們。把鬆髮重新吹洗；睫毛梳理過；將手指和腳趾浸泡在溫水小盆裡，以便修剪指甲，那姿樣委實不雅。有的惡相的蹲跨在座上，叫碗麵吃，好為即將開始服侍人的行酒墊個底……午後對她們而言，是漫長工作之夜的開頭。

　　年輕友人在旅邸區溫泉路的一個巷底，買了幢房子。正欣喜有熱泉直通家裡，入夜卻為醉語喧譁歌聲伴唱所惱。

　　「因為當初來訂房子的時候，總在白天嘛。這裡的日間，倒是十分靜的，幾乎到寂寞的程度……」

　　夜之於旅邸，猶如廟宇之建醮，令人不復想像它常時的寂靜莊嚴。

　　「這些女子嘛，大約只維持兩百人罷。」為旅邸接送女子的機車手告訴我：「極盛時代，旅館常客滿，弄到要叫一個女人都難了。酒客大約因為久候不至，才漸漸不想來了呢。」五十歲的機車手，毫不談及數年前喧騰一時的北投禁娼要聞，言下之意彷彿這是一部盛極而衰的自然史。

　　「女人們分三段時間坐車：中午啦，晚上五點到八點之間，再就是早起七八點的時候——那是前一夜留宿的回程了。」

現在，女子們簇擁美容院。大抵自己連日用的化粧道具也不必置辦，美髮之後，直接走進後間，化粧師按一定公式，打底：眼影：腮紅。彷彿外銷畫家，同時複製幾張油繪般的工作起來。無論原本那張卵形、瓜形、黝黑或者蠟色的臉，完成之後從裡間走出，就如同烙印模子一樣，出現了嫣紅黛綠的風情。

　　這樣的固定程式：以及女子們的樸素的、另一種勞動者的臉，是召妓飲酒的人，絕難見到、也沒法想像的風景罷。

旅邸見聞
05

　　這兒並立著兩幢異趣的建物：右手是座紅磚斑駁的天主堂；左手的緊鄰便是發出藍綠反光玻璃的旅邸，雖然底樓前栽植的棕櫚和門廳，做出渡假別館的樣式，這類情人的約會旅館，我們可都明白那些矩形窗格裡頭，有著什麼樣短暫的激情與探險。

北投的光景確乎大改動了。我腦子裡還憶留著三、四十年前的圖景：每早遊覽巴士行將載那些日本男客離去之前，孩子們手抱成落的蝴蝶標本，操著一、兩句日語兜售的口頭禪，向巴士窗口搖晃著從埔里來的蝶屍。我們年輕的幾個偶爾出遊，也只是無聊賴的坐在路旁松樹底下，目送那機車把手上飄著的紅絨穗子，飛馳著將後座的年輕姑娘送往各賓館旅館去，並算計回程路過我們的時刻。

　　可悲年輕的生命也在那失望的等待中流去了。

　　我結識名古屋的某漢詩學者，有一回談起若干年前他前來北投的旅行。據他說：父子兩人下榻之後，「在北投街上找了一晚，都沒見到書店」而大失所望。我笑說：這番措詞大約是你們父子商議好，以便回來向婦女們掩飾北投行旅的真實內容吧。那時正是以風花雪月招攬觀光客的時代。

　　八〇年代禁娼以後，此地好像有轉回良家與名勝所的趨勢。雖然略顯黯淡了些。新近——從某一舊旅邸改建，重又以「湯浴」等高級享受為招徠，整個兒奄奄一息的宿旅業才又跟著推陳出新，拆建多過裝潢。眼前我佇定這兩幢不搭調的建築前面，那旅邸六樓的某一窗格忽然拉開，一女子的面顏探出。大約激情之後終於想到覽景了吧，然而立刻低頭看見立在對街的我塗寫什麼，女子立刻縮回室

內，並旋即關緊了窗戶。

一對男女貼靠著行走在溫泉區名勝地的林蔭道上，似乎頃間從旅邸中走出，去尋覓他們前一夜泊駐的車子。

他倆親密的形象，讓人不必去追究彼此的關係為夫婦、未婚夫妻，或者是情侶等等，總之「戀人」已作為一種通稱來概括。如同我們指稱「工人」、「畫家」、「議員」或者其他身分，而他們作為一種類別的共有特徵，是那麼鮮明，遠超過前述的任何列舉。

這時刻清晨的沁涼空氣；春天郊野的植物氛香，一切似乎都為他倆舒放著。包括你我曾有的屬於私己的甘蜜記憶，皆都融入這樣的想像裡。

然而，我不能不略述當他們迎面向我走來，轉身向背之前，某些觀察的細節，以盡一個描述者的忠誠。

──那女子心不在焉的翻揀自家皮包裡的什物，用她那隻穿過男子臂彎裡的手協同著。而那男人呢？蒼白的臉不發一言，對待貼身人的一切舉動木然。倘設有什麼內心語言比較相應此時男子的表情的話，似乎是說：

「嗯，該是我倆分手的時候了吧。」

市集上的紳士
06

又見這個可敬的老人，緩慢而謹慎的拄杖走來。

他拄杖的姿勢十分特別，背脊佝僂得厲害，上身曲彎幾與腰部平，一隻由粗皺黑皮覆著的有力大手，扶握手杖三分之一的地方，危顫顫的一步步邁出。

那杖，並非什麼經過手藝製造，只是隨意撿拾來的一根粗重可靠的木棍而已。

老人的面容黧黑，以致一體沈在暗影中的五官凹凸不明，除了一對炯炯發亮的眼睛之外，關於他的過往，我有了一些猜測，但也無法確證，只有他肌膚黑這一點，確然與他日日頑固的行走長路有關係呢。

初見他是在市集口上，引我注目當然是因為那舉抬維艱的步子。過了幾分鐘，我再度看到他，幾近靜止在原地，一手拄著沈重的粗杖，另一手提拾從市場買回的小菜——一小把韭菜花從塑膠袋口聳出來，裡頭大約還有一小塊豬肉什麼的，沈甸於塑膠袋的底部。

這個年歲很大的老士紳，自己買菜回去？

此後我幾乎每天都逢到他，當我揹起畫架，以北投為中心四處寫生的時候，有時在市場裡；有時在往山丘去的坡道上，於是我確定他依循一條固定的路線，從鎮郊的家，走向市場，每天往返一

趙，帶回他的菜食所需了。

　　一段時日過後，我外出旅行回來，重見這位紳士的時後，他佝僂得更且厲害，這回是改用兩根粗手杖，一左一右的扶持自己，頭頸低彎到腰部以下，向前聳出，然而一仍不懈的走下去。

路旁偶見
07

那屋看得出它原先是幽雅舒適的，聳立在這樣樹叢濃密的山道上。它的旁邊，正有一條用青石砌造的登山小徑。入口兩根同樣質地的石材豎立，之上並不刻寫什麼，好像默然表示「此即道途之始」而已。先前，我打從相反方向盤繞約五里，方始發現這個道口，以及邊上的這幢木造大房子。

眼前它雖破敝不堪，從外表看得出分成多戶使用，而加添了許多形式和材質皆不相容的建物。早先我似乎並不曾見過它，此刻我就在此歇腳而停佇。

幾個孩子，熱切的在屋前忙進忙出，搬弄著一隻飼養用的鐵網籠子，把它安放在一個較妥善的位置。他們在兩處窗台之間的板壁，將二尺立方的鐵絲籠貼靠著放，又尋來附近的磚石，把它略微墊高──以便清理從籠中排出的糞便；並隔離地面的水氣，看起來似乎富有飼養的經驗。不過，眼前只是一具空籠，畢竟不能明白孩子們要飼養什麼。但他們之間的談話，引起我的興趣。

「牠們淋雨會不會感冒？」那個大約五歲的男孩，問那個十一、二歲的少年。少年抬頭看屋簷，舉臂測度它突露的角度跟籠子的關係，轉頭對男孩說：

「去找塊板子來吧，大一點的。」

「那——兔子會不會叫？如果有壞人來的時候。」男孩帶回木板，交給少年，同時發問。——現在我明白他們原來要養兔子了。

我家庭園裡也有一隻兔子，每見到牠，無時不在急速動著唇鼻啃吃東西。當然，被飼養的動物的確除了吃以外，並無事可做。不過難以理解的是，兔子那一副為饑餓所迫的樣子，邊用泛紅的眼睛察看周圍動靜，提防隨時有奪食危機的發生。即使我的視線不落在牠身上，耳邊也傳來兔子用力拔斷草莖；或著啃噬球根一類的東西，於是確乎知道，牠全日都在吃了。

一天，本來養在屋內的小狗，不經意溜進庭園。那是隻極度善嫉的東西，一見兔子，便鼓足氣吠叫不止，兔子則從綠草地上一溜煙，消失到矮樹叢底，駭怕地躲在暗處。與此同時，我彷彿聽到一種金屬線行將斷裂前、短促的、無法形容的聲音。後來才知道，那是兔子驚恐時的叫喊。

「兔子不叫。」此時那少年卻肯定的回答男孩。同時用手比畫自己喉下略突的結，補充說：「兔子缺少一條聲帶。」

男孩自此不再發問，只時時以欽服的眼神，注視少年的行事。小男孩的樣子十分清秀，但總覺得有點奇異；大而突出的眼球，鑲嵌在鼻翼的兩側，占據了顯得過度白晰的膚色，穿著一身開始縮短的棉質條紋睡衣。有了這一些，加上他細柔的發話聲音，便使我產生了一個病童的印象。現在，他默默的與旁邊跟進跟出的兩個女孩

並立一起，這群孩子共是五人。

一個婦女，胸前抱（或者説「兜著」更確切點）兩隻極渺的兔兒，從屋裡邊説邊走近他們：「阿彬，你看！一隻公的；一隻母的……」

「為什麼是一隻公的，一隻母的呢？」小男孩阿彬問。

「一公一母，好生下小白兔啊。」

男孩從母親胸前，接過兔兒來輕柔愛憐的撫摸著。忽然想到什麼似的，他興奮地大聲向幼兔們叫道：

「等生了小白兔以後，就把你們殺了吃；小白兔再生小白兔，也把牠們殺了吃……」

這時，男孩轉向他的母親：「那──我們不是一直有兔肉吃；又一直能跟兔子玩了嗎？」

男孩的話，使一旁的我怵然而驚。

男孩此刻將他心中可玩可食的「兔祖」，收進安置穩妥的鐵絲籠裡了。五歲的他的長遠打算，似乎也得到母親的

　　輕讚。最初令我驚心駭怪的感覺，此時也略微消褪一些了，男孩的推想毋寧歸於合理自然。回憶我家園中那隻兔的下場——因為一逕無厭的吃食，後來牠變得極其臃肥，彷彿一種巨型怪物之微縮標本。天生矯捷竄奔的能力，最後竟只成為一種身軀的顫抖；和搖搖欲墜。再說，也由於缺乏生殖的對偶，在世上沒有留下什麼，那肥碩之兔的衰老與死亡，終至為我們完全忘卻。

　　類似的感想在散步歸途上，從我的腦中湧出，大約可稱之為「世代交替」的主題吧。

　　那是若干年前在一片蕉園裡，我看到農人割取成掛的香蕉，之後隨手用長刀，將蕉莖攔腰斬斷。據那人告訴我說：結過一次果以後，就沒用了。母株近旁，自會長出幼小的第二代。巨大的母株一一倒下去以後，果然見到那些原所未見的新株，早從土底抽露出尺把高了。倒地的母株，農人將任其在原地腐爛，柔綿的汁液，從斜斜的切口滲出，彷彿直接注進新生代的口器成為給養。這個生物現象，在我眼中竟生演成某種悲壯……

看野台戲
08

　　戲台上對話的兩人，俱都面向台下觀眾站著（而不是彼此相向對望說話），這兒站著一個掛著三綴長鬚的員外，和另一個穿了雙翹坎肩的極嬌媚的姑娘，渾身上下閃亮晶片與臉上的奼紫嫣紅，使身旁這位古裝老士紳看來憔悴枯索至極──劇情之意含是否如此，則不知道。

　　鑼鼓每在他兩對話間歇，敲響一陣子，以加強表述的內容表情，那時默立著的古裝一生一旦各持一具無線麥克風，面上卻毫無表情──或者說暫時逸出劇情之外，等待打樂器間奏一過，才接話下去，於是情節繼續發展⋯⋯

　　北投的小廟間立在老街的居民區中。我住在半山腰上只要隱約聽到鑼鼓聲，便興奮地感到居民們的友善召喚。

　　我立在寥寥觀眾的背後，忽然抽拔出觀點，看到這演出的荒謬與趣味：那戲文故事的背景與台下揹著小背包的時髦少女們的心事；演唱的高亢曲調與服飾材質、化妝品的品牌等等的諸般衝突矛盾，豈不正是興味所在麼？

　　當然這演出是所謂的「野台」，與歌仔戲初興時至為不同，──從那俗稱「落地掃」即知，大約當初皆都流動到某一空曠的地方，將地上粗草整理一番就演開了。當今的「野台」，場地只指它的露天、流動和不定時演出而言罷。

稍早，我親見他們用專屬配套的搭台材料，十分有效率的搭成前後台，佈置固定的景片，接電拉線，運載箱籠道具，一概分業得極仔細。是應了發展成的社會供需而確立這款形式，流動在謝神、節慶的鄉鎮之間了。

　　多年前曾經訪問過野台戲老伶工的我，又忽然想起他們口述，關於早年挑掛戲箱，伶人們結伴在一鄉又一鄉的遷移中，彼此相扶相愛的情景。

浴場
09

在「瀧乃湯」櫃台繳交了洗浴費，攜帶我的紙筆進入大眾浴池。

幾年前，我侍候病中的父親，初見老人多摺皺的崩潰的肉體，頗使我驚嚇。現在，面對浴場裡七、八具並不美好的身體——瘦瘠或臃肥，都一律因高溫浸泡而表皮發紅。只有一個白晰到青黃的枯瘦身姿蹲踞著。原來他的虛弱，沒有浸池的體力，只好低垂銀灰的頭顱，用巾淋沐，一個像戰後納粹集中營釋放的病囚。乳色的磺水從突起平行的筋骨上，滴流在腳底板踩踏的粗糙砂岩地上。這也使我想起一部小說的情節；肺病初癒的男人，被帶到溫泉浴場，妻子用纖手緩慢的淋濕那個衰病空洞的身體。小說的字裡行間彷彿有光和回聲，在闃黯的浴場裡迴盪……

現在，浴場裡騷動些微的不安——是因為默然一旁畫圖的我嗎？這裡也不盡是稱得上老的人，大多裝作無睹的將身體浸沒，只露出一個頭。盤坐在池緣，恍如入定的黑紅肉膚的男子，更且閉目吸著紙菸，好像沒看到我這個闖入的寫生者。

終於嘩啦一聲聲響，從池裡浮立起一個小個兒男人，裝著不經意走過我身邊——以確定瞄見我畫本上的圖象，才忽然向我嚴厲地說：

「你是得人什麼人的允准，可以在這裡逐個把人畫？」

我無邪的友善展笑。

但他追問：「你說啊，」

「呵，我可是把浴場看作户外的風景一樣呢，」我這麼說其實並不虛假。

項間，這樣的回答使這個連我共九人的浴場裡，一時失去慣常的水聲，一切凍結下來。

突然間我自覺不妙，急速的走離浴場。外面，這座曲折的黑瓦建築，對面的大溝渠裡，溢自地底的泉源蒸騰，水氣與陰霾大氣渾然一體。

此刻我腦中映出：彷彿那一群自池中緩慢起身的、不再美好的裸體，緊跟我身後不捨。旋即因為這個想像的景象，我疾步奔逃。

禪寺
10

　　普濟寺的山腳下，即觀光攬勝的風景通道，鬱鬱蔥蔥的林木掩映著，瀝青鋪路上時時灑著白色光片。一條石板階梯折向山腰的禪寺方向，入口卻沒有什麼山門等等誇大顯眼的事物。

　　有薄霧的一大清早，少年寺僧握著竹帚柄，自頂端逐級掃下來，就看見一對男女歇坐石級中途沈默無語的戀人，寺僧便繞過他們。這一對情侶自某年初冬起，便固定在此幽會。

　　落在青苔滿布的石階上的枯葉，其實甚少，灑掃不過是出家人修行日課罷。現在少年寺僧返身往寺的方向拾級回走，輕提著竹掃帚，周身微微沁汗，在灰白僧衣的底裡。

　　登上寺院平台，大殿永遠肅穆的平展視野，右側一座亭子裡，石刻的地藏王菩薩一手持握錫杖，一手托抱嬰囡。

　　少年回首再看，頃間那紅塵即落在石級之下，隱約自雜木林隙間透過來的山道上了。

寺前的山石

11

　　在一塊斑爛巨石為襯景的前面，兩個禮服整肅的新人，正映入幾尺前方那只照相機的毛玻璃板上。

　　新郎穿著那一身洋式的長禮服，是一種略帶古舊的象牙顏色，從身後看起來素淨，而胸襟前綴滿了絲質立體的盤花，好像幾個世紀前什麼殖民地官員受勳儀典上的禮服。

　　新娘此刻被安排在略低的位置，發亮的白緞裙團團的鋪展在她身周。由於面貌平庸，大約從來不曾是眾人矚目的焦點，這時候有攝影師、助理等等不斷向她提出姿影上的建議，女子不免受寵若驚，只有咧嘴保持她的笑。

　　這是連日雨後的首度放晴，風景區的此地，忽然湧現了許多對婚紗攝影的新人組。在這個位於禪寺前不算寬敞的取景地方，石塊的上上下下都被新人占據，好在取景只限於新人為中心的一個局部而已，只要背後不疊加什麼貿然闖進來的人物，照片上一定給人悠然恬靜的感覺。實際狀況裡熱鬧滾滾搶地位的雜沓，相信那拍成的底片裡是一點兒也不會洩漏出來的。

　　「喂，拜託啦，讓開一點吧，小朋友！」這時候忽然一批開心滿足的孩子，在風景區裡四處奔跑，攝影師原本構成好的框格裡，發現流竄進來的孩子，於是大聲叱喝著。

　　於是這一群約莫十歲以下的孩子們，完全靜了下來，因為「看

新娘子」這個主題並不差。而且弄清楚攝影師取景只不過
窄窄的一部分的時侯,他們就大膽的停在新人附近,甚至
毫無忌諱地對新郎新娘的表現評頭論足。

　　「啊呀,你們看,新娘子赤腳呢!」一個孩子大聲叫出
來。

　　原來為了配合新郎不高的身材,終於把鞋子也脫去的
新娘,挪移身子的時候,一不小心,寬大的裙底洩出了她
的秘密。

地熱谷
12

　　如果一時沒有陣風颳過，這一蒸騰的熱氣便團團的瀰蓋住五十公尺圓徑的湖面，對面山上的林木、屋宇全都掩蔽在白霧裡了。偶一陣風掠過──這是山谷間常容易發生的，好像一把隱形的拂塵，

大大的掃了那麼一下：那沸水的表面便立即清澈起來，人們似乎從綠色的湖心看得見地底的七彩顏色。

這地方是北投一個自然溫泉露頭，所形成低窪的淺湖。早先——我們年輕的時候，是秉燭夜遊的神祕驚魂之處——大約那沸騰冒泡的礦泉，確乎燙傷或竟溺斃過失足的人罷，人們管這兒叫「地獄谷」。後來公共建設將四圍築起杆欄——危險是避免了，把利用礦泉地熱煮雞蛋的遊客，集中在水溫低的岸邊四周。門口那些專賣生雞蛋的攤販整排，遊人到此彷彿也只會這麼煮蛋玩。夜晚，入口便封閉了，這時正式更名為「地熱谷」——根據進門的招牌所寫。

我最近又走近那裡，賣蛋業蕭條了，進去看時，往日三、四十隻給遊人剝蛋殼的橘紅色塑膠棄物箱也撤了，原來此地現在已經不許煮蛋，只給靠著杆欄欣賞風景了。

又一陣風吹散霧氣，見邊旁留有一條溫泉清溝，興沖沖的遊客們全都光著腳丫、男人捲起褲管、女人撩起裙襬，伸進去泡裸腳呢。

將身體的一部分親自體驗溫泉，本沒啥不好，只是一個挨一個，衣履不整的坐在溝渠水門汀上，那雜沓與欠雅，品味像昔年風尚煮蛋一樣。

陽投公路
13

這條山間公路實際的林蔭並不像圖畫上這般的如此密緻，乃我採取了某種壓縮透視的結果。

　　幾個步行登山的人，沈默著顛動身體，沒入陰暗的樹叢深處，行經我身旁時的不語，彷彿他們正在做一件嚴肅的事，神祕而迫切的趕往某一目的地。

　　沿著公路的一側，有平行的山溝，終年奔流著一股湍急山水，由陽明山或更其高遠的山群裡匯聚而來，於我，這是浪漫的意象。多年前，與友人紙摺一艘小船，放進湍水急流中，那船遂快速的被沖流而去，任憑我們疾步追趕，也難企及，不消一刻，紙船浸濕，覆滅了。

　　我自己一個人循著公路曲彎行走，眼睛注視那股清泓，這情境總使我想起年輕時代喜唱的舒伯特連篇歌曲〈美麗的磨坊少女〉——一個流浪的年輕人沿溪走，在那裡遇到難忘的情事。然而不久，穿綠衣服的獵人出現，奪去他所愛。因而篇末的歌詞，只剩下憎恨那綠色的悲嘆。

小油坑
14

　　照例我們會從幾個角度來帶引朋友觀看它：一是沿陽明山主線公路攀行時，路經小油坑下方——這時主要的噴氣口和崩蝕的壁面並看不見，只有晴空底下一股莫名其妙燎燒的白煙升起。

　　另外一個大遠景，則是攀行巴拉卡公路的入口不遠處停下來，

隔著竹子湖這一片谷地向它望去，幾乎等高的視線，便將這個火山殘留噴氣孔地形，一概盡收眼底了。

　　這回帶的是自美國回來的年輕姪兒。上完小學即全家赴美，之前一家人定居北投，這小油坑地景，不過是自家後庭那樣的距離，但他似乎已經沒有記憶。前一天尋往故居周近徘徊的時候，碩壯長成的姪兒忽然出現戀慕之情，讓我們恍見他幼小的時候。

　　現在，再驅車直抵小油坑景觀停車場，並下車步行趨近那隆隆氣吼聲，以及漫天聚起一片白霧的山壁前。

　　據說大學時代喜愛夥同友伴到處登山野宿的姪兒，行遍整個洛磯山脈的美景，竟然在此感動駐足了。

　　許多人互挽著在此照相。上一回我同幾個年輕朋友前來，是屬於秋天陰霾的黃昏，在不知是霧或細雨的此地，年輕朋友與我或站或蹲聚成一堆，也留下了一張白濛濛的大合照。現在這些人都哪去了呢？

王家廟
15

黃昏時分，我終於有空踏進了這個祭典期間的醮壇。

　　那座高大無匹共有四層的建醮閣台，此刻都用大瓦數的燈泡照亮，佈景的仙山和美女俗艷至極。這一些，我幾天來乘車路過的時候都看熟眼的。雖然對於民間的這種「進步」表現，我感到失望——用了陳列時裝的塑膠模特兒為本，加上古代戲服做成，在每具人物下頭，安裝著電動馬達，切上電開關，閣台上的幾十個人就這麼

毫無意義的兜轉圈子。

　　靠近祭台最怵目驚心的是一枚巨大的龍頭，不曉得從哪兒竄出來，停留在前面。後邊支撐它的布質身體，卻衰弱得不可思議，而尾部竟不知所終。

　　我看到一個年輕媽媽把香炷塞進五歲大的男孩手裡，要他膜拜祈禱：「說！我要很快長大，說呀！」

　　孩子仰頭望著。

　　倘使我是那個男孩的年紀，頂上那隻火眼金睛的怪龍頭，就足以嚇昏我，何況從這裡延伸出去的「仙界」，仙女們水袖飄搖，映照出邪門的紅綠燈管的光，說起來更像似噩夢的一景。

　　這王家廟其實是叉路邊的一座小廟，平時都極安靜的，除了什麼相關的吉辰，廟方的執事人員就會把黃紙燈籠，上頭印著「合境平安」的紅字，懸掛長長一串──把勢力延伸到附近社區住宅來，彷彿我們都是那位主神「李池府千歲」的牧民一般。

　　今回這個作醮祭典可能是創廟以來最大的一次，借用了跨過馬路的一個待建的空場地。

　　依賴著電燈、聲光所造作出來的廉價熱鬧，吸引著曠地四周百無聊賴的大人孩子，當然跟著來的，就是消息靈通的攤販們：抽氣球的、打香腸的、畫糖人兒，什麼都集中起來。一個星期過去了，我在場子上蹀來蹀去，實在看不出來這祭典還有什麼行事。

沖印店
16

　　那時北投唯獨的一家彩色照相沖印店，顧店的是一對漂亮的姊妹。我每從山上驅車來此，為將拍好的膠卷交洗。

　　白皙方臉的妹妹，總埋首在不必遮光的曬印工作台上，迅快的判識負片上的調子，按動曝光鈕；或者調動放大機內建的濾鏡，以求出平衡的色相。那些淡青色的面顏和紫色的郊野景致，對於不諳補色原理的人，底片透光所顯示的景物實在光怪陸離。

　　同樣白皙大眼睛的姊姊，在櫃台忙著應付客人的收取件。

　　在等候的百無聊賴中，我仰頭觀看一張裱貼在壁上的泛黃老相片──一個戴圓盤帽的青年結著黑領帶，伏在一輛頗拉風的重型機車上，精神燦爛的笑著。然而再看過他身後的風景，顯然是一幅巨大的畫片，由此可以斷定那是騎乘在道具假車上，在照相館的室內所拍攝。現在展示在這兒，以表明該店兼營的彩色影印效果──旁邊陳列的是一張小尺寸的原照。

　　「這張老照片哪裡來的？」我問。

　　「我的父親呀！」美姑娘掩嘴笑了。頃間，她遞上我要取的相片一包。我迫不急待當場檢看的時候，姑娘插嘴問：「這是你們家的老二吧？好可愛唷──已經六個月大了吧？」

　　「妳怎麼知道？」──我抬頭看著她。

姑娘笑而不答，于是我隨即領悟，從結婚後遷來此地超過五年，一切照相的膠卷都在這裡沖洗，關於我和她組成的家庭，想必也在兩姊妹的腦中建立一套完整的圖檔了吧。

傘
17

　　前邊停著綿延的車輛，公園那頭蔥翠的林相，襯出這麼一對共撐在傘下的男女，吸住我的目光，他倆緣著公園外仿做成松木段的水泥矮欄杆慢慢兒走過去。背景半掩著頭部的傘形，使兩人如連體般的，節制協同著在下方伸縮四條腿。細雨中，綠色仍然保持明朗。

　　這情調油然讓人想起川端康成的一篇叫〈雨傘〉的短小說：「年輕男子唯恐雨淋濕了姑娘那一邊露在傘外的肩膀，而把傘挪了

過去」，川端大約這麼描寫著兩個還不十分相熟的男女朋友，「姑娘心中本打算靠貼青年一些，表現出來的卻似乎想逃出傘去一般。」這一種極其細膩而具象的手法。

　　這座北投的中山公園位處要津──是附近展開五條通路的中心。本來園口有幾股垂噴的泉柱（夜晚池底還有色燈直射，水柱幻變成七彩），從正對面淡水鐵道支線的「新北投」車站一出來，就映入眼瞼的，現在似乎久未噴湧了。

　　大約自淡水鐵道廢去，由台北捷運替代以來，那新站玫瑰色大理石和不銹鋼材建造高挑巨大的尺度，已然改變了原先周遭緊湊、雅致的格局，使這座悠古歷史的公園失了尊嚴，以致打不起精神的樣子。再說，有人倡議建設北投陽明山的索道纜車，據說也考慮以此公園為發車車站，由此掠空而上，想來怎不叫人氣結呢？

賭
18

年初一的夜晚，我巡逡北投市場附近的街巷，對傳統的「年景」
做一番觀察。

「在廢曆（即農曆）元旦節後一月內，玩聚甚熾，」一本中國

賭博史中，引〈綏遠省分縣調查概要・風俗習慣〉章節中寫道：「女子聚賭者，亦在多數。賭博成風，至有不能罷者。」

可見春節期間的公開賭博是傳統過年的一景——有人趁勢賭下去，到不能歇手的程度。同一本書上評述道：「中華民族是勤勞、勇敢、務實的民族，具有堅貞不屈的反抗精神，這決定了中國賭博具有實戰和實用性質，也就是直接把這種體力或智巧的比試，做為賭博的重要手段。」——實在是不必要的往自己臉上「貼金」。

現在我沿著公館路連接集中市場的路走下去。往年這個時辰，還是廊下巨燈朗照，拉起抬面呼朋引伴加入賭局，歇業的市場內部，也必是這裡那裡圍起人牆，把骰子、撲克和四色牌局直接攔在肉案或魚檯上，人聲沸騰舉市若狂的時候。然而今年靜悄悄的一如平常日子，我走來走去，只見一個小攤上阿婆兜售「公益彩券」，幾個後生在那兒索然的用銅幣「刮刮樂」而已。看過那些烤玉米的；炸鹽酥雞的；賣四神湯的，也都冷靜的做著規矩生意。我心裡想：難道他們已暗地裡相約在某一個時辰突然開賭麼？

然而沒有，夜更深的時候，巷底寂靜，只有夜食歸家老少腳步的聲音。

排隊
19

向 MORANDI
致敬
2005.1.27

　　北投台銀分行門前出現一列物品：小板凳、寶特瓶、厚書冊、塑膠空油桶等等，這些性類絕對不相屬的東西，依著一條自然弧線彼此緊貼，秩序井然。之間，尚且有幾塊瓦楞紙片上書寫著陳、黃、李諸姓氏，小石塊壓著以免一陣風吹來飛走。

　　在這家銀行門口看起來像是某種排隊——主人暫時離去，留下代替物，已確定自己保有回返的權利。但是現在全體無人跡的隊列，在通衢大道鄰旁、巍峨金融建築的陰影底下，這些猥瑣的代表物漫長的延伸出去，予人一種荒誕感。

　　再看午後的銀行內部，各櫃口營運正常，並沒有發生哪項業務

擁擠的現象，也即：那「物品排隊」起點自行庫大門的第一階而已。

　　當我執筆畫下它們的時候，閒坐花台附近的人們之一，悄悄躡腳在我身後窺看。大約是代表物件的背後的一個主人吧，我轉身問：究竟為何而排？她神秘的笑而不答，彷彿說出來怕好處被我分沾了去。

　　想起名攝影家H.C.布列松在五〇年代上海拍到的一張照相：中國人在一家銀行前的「排隊」，簡直像孩童們玩「擠油渣」遊戲般的搏命推擠，那群穿棉袍的男女，臉上只有痛苦和驚怖，這是大陸社會崩毀前一刻最傳神的圖像。對照想起來，現在銀行前的行列似乎從容、文明得多。

　　一個銀行當值員警這時踱出來看，以確定這些「代表物」的秩序，然後微笑滿意離開。

　　第二天看午間的電視新聞，我才知曉台銀五十元紀念套幣在當日發行。

瀧
20

漢字「瀧」在日文原意是指「泉水落下的地方」。

北投溫泉湯浴中的元老，一般人都誤讀為「ㄉㄨㄥˊ乃湯」即是。（瀧音ㄕㄨㄤ）

從較高的路基看去，這間古老浴池的屋脊前後左右斜披著，彷彿並非一氣呵成的建築物，而是逐年擴增的結果。現在，那種樣子頗像一個危顫顫的老人，四肢屈縮與軀幹彼此依靠，勉力蹲在那裡不至倒地。

北投地方的溫泉旅邸自百年前始，四處林立，泉源豐沛。北投的「自來水管理處」有一個特殊的單位，曰「溫泉股」。不止旅邸浴池營業，住戶居家也可接管引來溫泉分享，不設「水錶」計量，只按出水管直徑的標準，每月繳納溫泉水費。

但多半缺點是距離源頭過遠，水溫不夠，旅邸常有加熱設備，就已經失去意味了。

「瀧乃湯」卻得天獨厚，溫泉露頭即在附近的天然溝渠中，從附近走過，煙氣騰騰打溝渠昇起，硫磺泡沫浮現溝水之上。此湯池內部雖然簡陋，但精華乃在石塊砌造的男女各一的公眾池，且收費極廉，與新開的什麼「風呂」、「湯浴」、「SPA」等，其奢華與簡樸有如天地之別，是溫泉

鄉居民的習常去處。

　　浸泡在高溫的大池裡，從低矮的窗櫺之光，或某處破瓦隙縫間泄出之光，靜映在嗜好泡澡者滿足的面顏上，那種平和的幸福感，頃間也擴及自己身上來。

繁星帳幕
21

　　「我和朋友到陽明山上去看星星呢！」年輕朋友向我交待前一晚消失後的行蹤。這答案提供我一幅想像的夜空圖景。

　　長年居停台北的人，幾乎與裸眼仰視星空絕緣，即所謂城市的「光害」所致。

　　要麼，你可以在短短三十分鐘內，觀測到自黃昏第一枚星光在城市邊緣上空亮起，接著迅速的蒼穹全黑，繁星

閃爍，直到晨曦初露，星辰逐個兒消逝為止——不過這是在植物園旁一座星象演示館所摹擬的過程。

　　真實的星空的感動，唯只跋涉到市郊山野和丘陵去，在四周森然的黑暗中，藏青色高遠的夜空，赫然在你前面昇起，星星們閃亮眼睛，讓你逐漸失重的跌入太虛……

　　在古昔——包括我自己的青年時代，星光即是樸素平實的東西，只要你步出戶外，它無處不在。

　　「在繁星的帳幕，祂常照臨……」席勒的詩篇，貝多芬引用在第九交響曲末樂章的《快樂頌》。樂音呈示：當你孤獨的站立曠野，夜的蒼穹覆罩大地，出現長號；緊接男聲齊唱疊出；然後女聲齊唱又複疊出，這神聖宏大的樂音的想像，常使當年的我淚湧如泉……

　　爾今，對現代都會人而言，追逐星光竟成一件奢侈之事。

速寫老人

22

　　老年人的警覺性比較低。對他們著手描繪，常不必避
諱；市場上的販子卻不同，他們每留意進入視界的人，能
否成為自己的顧客，預備展開言詞的勸誘。因此，凡有外
人悄悄審視，很難不引惹攤販們的注意。——如果你著手
描畫，他們的反應是，立即改變姿勢讓你無以為繼。有時
為了隱藏身形，不惜放棄進行著一半的買賣。當然，阻街

妓女們警覺最高。想起幾年前自己潛行華西街的故事──埋伏了一支二十四厘米的鏡頭，在蓬鬆的雨衣縫裡頭。二十分鐘以後，竟有一個女郎喚住我：

「你不是那個把一部白色偉士牌停在陸橋底下的那個人嗎？」我停車的陸橋，離她召客的地方至少半里，也許更遠。「嗨，你的胸前怎麼鼓鼓的哪……」

而老人們遲緩。對一個寫生者來說，是可以安心從容畫完，之間不慮對象會改變姿態。小廟廊下打棋局的老人們，使我停留了約莫一個小時──即使看起來我是無端端的立在大馬路上，也沒有人覺察。──老人向不管別人閒事。後來天色變暗，他們為了得到好一點的光線，甚至把棋桌移靠近我。

起初，我看上一位著西服，白翻領的老紳士。他獨自坐在單張沙發裡。他的目光正視我，不過似乎什麼也沒有看見，不久他就打盹睡去。也許什麼夢境使他猛然醒來，腰裡掏出香菸，向周旁敬遞。因為沒有人接腔，老紳士旋又入眠。老人即如此，他們的面顏歲月，明明清晰深刻，你正為之動容呢，而實際上他人生的一切已經去遠。

寫生
23

　　一條山道上，我孤零零的佇立在路旁，繪寫眼前的山景，對於身邊轟然駛過的大小車輛；健行的家族們，或者戀情中的男女，一概無覺的工作下去。

　　令我專注的也許只有此刻山背的蔚藍顏色；道旁雜生植物的各種綠色，究竟該如何去把握它們。雖然這時候我僅只用了一枝鉛筆，一本小小的白簿子，迅快的抬頭看，以及低首疾寫，這一切詳盡的包括在我的記憶之中。

　　此時我描寫一路上枯索變紅的松樹的頃間，會想及若干年前它們盛壯的景象，以及使松樹死亡災疫的病因。然而，單純從繪畫效果來看，這些天可見憐的松林的死亡，恰恰提供一種對比於整片的翠綠中的變化。

　　回想起上一次觀看這些林相的時候，我是同某一久違的友人的事。總之當這樣聯想著的時刻，山道上我的身影彷彿並不寂寞了。

　　但又顯得分外寂寞。

日式部屋
24

　　不少友人聽我敘說過一則故事，是關於這幢舊屋子
的。

　　相信它在五十年前、或更久遠的初建之時，理應寬
敞、氣派，位置在北投著名的溫泉區內，隔著一條馬路對
過，循著石級上登，則是一座靜雅的禪寺。因為這種種緣
故，我時常被吸引到這一帶作畫寫生。

　　有一回，我立在馬路上──就如現在你所見的角度，俯看著坡下的老屋畫將起來。那個秋天的黃昏本已幽暗，這樣一幢被四周林木所蔭蔽的棄屋，它的簷頭交疊之所，更是若隱若現，有如幻影了。這時候，天空忽然飄下細雨滴，當即我決心收拾畫具準備離開。

　　站在道旁等候北投特有的營業機踏車，不久就來了一輛。那車夫停車的時候，唐突的問了我一句：「你的那位朋友呢？」

　　一時不解他所指稱的意義，經說明才恍悟，原來他先前路過此地時，即看見路邊的我，「不過身旁還立著一人，正專心看著你畫呢。」車夫解釋道。

　　不消說，我自始是孤獨一人的。

　　這是一則疑似幽靈的故事。

　　若干年後，當我承受著深重的苦惱之時，發現自己正站在同一角度描繪它，油然記起這舊宅屋乃噩運之始，何以早先絲毫不察呢？

謁墓
25

　　自從父親與小妹的骨殖遷葬南部以後，落在北郊山上
的，只剩孤獨的友人之墳了。

　　雖然不依習俗慣定的日子，但每年春天我必前去墓前
悼念一番。從北投經小道前往，不穿過市街即可抵到。今
回，從友人埋骨之所向前望去，遠遠的山崗上，層次分明
的前後排列新的靈骨塔，什麼時候起，北部的山崗已成故
世人們的靜默世界，建築一概規制宏偉，使這坡地上的墓

園襯托得益加完善起來。

　　我默思著以下的話，像生前與故友對談一般：

　　「也許唯美的情境只能在幻想中出現，所以我們都會一個勁兒的耽溺在追想的哀傷裡，因為我們都知道，願望一旦成為現實，即刻，它的美好，就不免一縷縷消融於不斷的平衡之中了……」

　　我默想的當兒，一朵雲輕輕飄過天際，似是友人的某種應答。

輯三／隨筆北投 3

閱報老人
01

　　圖書室裡滿座皆人，但只有沙沙翻動書頁的聲息。

　　老人聚精會神的梭巡報端細密鉛字所鋪排出的黨國要聞，這與他退休的身分略有不合。偶爾，像似回過神來，分眼瞧瞧腕上手錶，因為他跟正在別室兒童館閱讀的孫兒，相約了時間呢。

限時專送
02

　　在旅館業盛行召妓陪酒的年代，發展出這個特別的運輸業，所謂「限時專送」即是。花枝招展的妓者，斜掛在重型機車的後座飛馳而去，蔚為北投著名的人文景觀。

　　禁娼以後，這個傳統的出車站，改載一般乘客，年事漸長的機車手們枯坐守候，自早晨六時，至夜半一時。

俠隱
03

　　大浴池的青灰色蒸騰的煙氣裡，傳出哼阿呵阿、泡浴者那種無比舒適的聲音。池邊幾個洗浴的人，像洗滌自己的髒襪子那樣，羞怯地各自背過臉去。

　　頃間，一個精瘦的老人走進來，一面謙遜地向諸人打招呼，及至他卸脫衣物，赫然露出雙肩及臂的刺青，和細緻肌膚上暗紅的刀痕。

　　老人自始保持抿嘴的淺笑，而我好像看到一個市井裡的俠之隱者。

棋王
04

　　「軍啦！軍啦！」廟埕的蔭下幾張棋桌，從圍觀嚴密的人堵中，溢出切嘈吒喝，跟著拍擊棋子兒的聲音。

　　擠進去看，那小小的棋盤周邊，十幾隻手搶著挪移棋子兒，一時弄不清楚究竟誰是下棋的，而往往當事的兩人，是完全按兵不動，任人折衝模擬。

　　「死棋了呢！」

　　正當喧騰不決的當兒：「棋王來了！」有人說著，起身讓座。

　　棋王叼著菸，皺著眉頭審視棋盤片刻，然後用憂鬱的聲音說：「沒得醫啦。」

賣物
05

　　祖父背起水壺，帶著不大不小的三個孫輩，佇候在通往風景區的站牌底下。

　　對比於此圖景，我想起豐子愷描繪他那時代的都市情態，一幅畫題作：「賣物」，圖畫裡一個中年男子，身旁是後頸脖插著草標的女孩，豐氏那簡約的筆法，恰合地描記出女孩無怨無悔跟著走的表情……

　　眼前這老人，被一群「賣物」簇擁著，且嘻笑顏開，這是豐氏絕難想像的半世紀後的中國。

炫耀
06

　　年節前的市場上，出現了穿金帶銀的婦人們，在各式燒臘熟食的攤子上，用戴著珠寶的手，指指點點。

　　據朋友說了一則所見：

　　一位婦人伸平她的手──好像特意向攤販炫示她戴滿戒指的手指，比畫著道：這些怎賣呀？

　　不料，販婦猛伸出雙手戴了十隻金戒的指頭，左右擺動，照得那詢價的婦人睜不開眼，說道：這些嘛，太太，都不貴啦！

小觀察者
07

　　晨曦打背後昇起，人們從幼童的身旁熙攘走道，彷彿不覺察他的存在。被侷限在小車裡，他幾乎不能動彈，只用那雙甫睜開的靈動的眼，投向這個忙碌追逐的世間一角──早上的市場，包括自己的母親，這兒那兒穿梭菜攤的身影。

騎手
08

　　廟庭前那麼一幅酷肖國外公路騎手的影像──黑上衣，長鬚長髮，旁邊擺停一輛騎乘時身體與它水平的重機車。這圖景除非在電影裡，實景在本地是難得一見的。

　　騎手好像陷進他的心事，一動也不動的任由指間的菸卷燃去。

　　等我從廟裡轉了出來，那輛形姿誇大的重型機車已被騎走，落得騎手一人孤單坐在那裡。再仔細看時，終於明白過來──原只是一個什麼青年，湊巧將它的摩托車停在這位百無聊賴的懶漢的身邊，如此而已。

美洲虎
09

　　描繪開始的很長一段時間裡，我都未能認出它是我素向心儀叫
「Jaeuar」的名牌車。我忽然想起它的一則難忘廣告詞如下：

　　──在寂靜的「捷豹」車箱裡，唯一的雜音來自你心臟的跳
動。

　　現在，它被吊起，車頭離地，板蓋掀開。這部卸脫一只輪子的
名車，如同鑲牙前的老人，個個都那麼相似呢。

山道
10

　　蜿蜒山道自山腰間橫越，通往許多僻靜去處。天濛亮時，即有早覺會眾聯袂健行，熙攘熱鬧。黃昏時，此間太陽益見淡薄，踏車的兒童、長跑的青年不絕於途。

　　但近年裡，我數度看到道旁被封鎖為命案現場，屍身覆布直挺一旁；或傾伏在棄車的方向盤上，大約在歹人眼下，此地正合著手謀命的條件。

　　春來道旁新綠，草木崢嶸，一片謐靜的氣氛，好像從未發生過令人不悅的事情。

支解
11

　　雞販就在兩只巨型雞籠上作成了攤子，架起刀案，切剁分類，以應顧客需索。

　　籠子裡的肉雞們，對於頂上支解同伴身體一事，容或並不知曉罷，看牠們一仍故態，互相推排，危顫著啄食求活，絕無異狀。經過此地的人們，也從未為此感到不安，因為經過長期配種飼餵的歷史，我們或許已將雞隻們視為某種非生物了。

夜戲
12

　　小小的布袋戲舞台，連續多日吸引街坊——同為慈恩宮照拂的信眾。

　　午後路經的時候並非這樣，街面空闊，只有一座空戲台子，中年的演師伏在箱籠上寫信。「畫畫唷，」他發現了我，旋即向身旁的年輕婦人說：「畫妳呢，站好一點…不，腿抬高些吧。」

　　我瞥以輕蔑。

　　夜戲開演後，我即刻為那演師台語之鮮活豐饒，呈現的氣魄、委婉和機智等等的文質所傾倒。此刻，忽然記起午間演師的另一句話：「我們嘛，同路的——同樣都需要靈感哪。」

失色
13

　　我的繪畫筆記上，在一幅關於花瓶靜物的主題下寫道：

　　──昨日用沈靜的藍色調子整理了瓶花，平塗背景之後，與花的主題相映下，有一種東洋薄命的趣味。桌布用彩度較高的色片綴連起來，且於邊緣小心作出變化，看起來有向後延伸，及左邊下垂的感覺。

　　猛然轉身看櫃子上實物的花，生命從那裡漸次抽離的過程，幾天來我一一目睹──花之死亡，並非始自凋萎，而是如美女般的褪色……

行法事
14

　　青年道士手搖銅鈴，在那婦人背上嬰兒的頭、肩、膝、踵各部位依次點到，口中唸唸有詞，並向神祇報出名氏：

　　——中華民國台北市噢，北投區清江里噢，某鄰某號，某某的小兒……

　　似乎人間的國號及政區等等，在天界猶十分肯定呢。

希望
15

老先生在孫兒就讀的小學門前，作完呵護交通安全的義工之後，疲累的坐落路邊的一張舊沙發上。

看我迅速的在簿子上繪畫，遂有深意的微笑向我說：

──慢慢來，總有一天會成為真正的藝術家啊！

我還有希望嗎？內心這麼回答他。

新人類國
16

　　麵攤上一個吃著麵的中年人。也許穿了哪個兒子的一件汗衫，白地上鮮紅的毛筆書法寫著：新人類國。雖然與此刻平凡的街景並不相襯，但是，那吃麵的背影為此也虎虎生風呢。

生活
17

　　在我停留雞販舖前面描畫他們工作的時候，引來一二鄰人聚看。少頃，那畫中的男子感覺到了，遂撇下工作，踅到我身後加入圍觀。

　　──他這不過是草圖而已，回去以後才仔細修正，或是根據這個作起大畫……

　　那個攤販向邊上看熱鬧的人解說。

　　我轉頭問他：何以那麼在行？

　　畫圖嘛，一向我最拿手的，一直到中學校，都經常這麼到處寫生呢，現在，唉──為了養那三個孩子，還有什麼好說呢？

候診
18

　　抱病的人，咸以在候診室枯等為苦。但在石牌榮總，經常上百成千的退役將校士官兵出入醫院，這裡那裡見到一簇簇昔日同袍圍聚，恍如什麼同學會般歡談不休。

　　年歲大了，多少總有不適，每到看病日，「榮家」會安排專車接送往返醫所，許多人照例欣然前往，可以與分住各地的袍澤重新聚首，聊慰寂情。

　　據說在這類就醫閒談中，常有以下對話：

　　——老周怎麼沒來？

　　——老周嗎？病了，身體不舒服呢。

枉然牌照

19

　　「先生，我是有牌照的……」在捷運工程鐵圍籬旁畫畫，賣水果的婦人終於忍不住，衝上來向我解釋。她出示設攤執照的地方，如今被劃入工程地，因此只好在界外擺設，害怕被我取締。

　　「只是早上擺幾個鐘頭而已，何況我是有牌的……」在她弄清楚，我並不是執法人員之後，還絮絮的向我說著。

花販
20

　　婦人忐忑的面色，與簇擁身周的花顏恰成對照。頃間，她踅過我旁邊，偷瞄了我的速寫簿子一眼，這才舒鬆了一口氣：阿娘喂，原來是是畫圖的，還以為登記違規呢。

　　然而，此時傳來隆隆的車聲跟哨音，那拖吊違規擺攤的行動，從市場街的入口，終於迫近了花販與我的立足之地。

老妓

21

　　公共浴場的廊下，一個上了年紀豔俗打扮的婦人，終日立在那裡，向路經的人打招呼，彷彿央人入浴的樣子。但是，偶爾她會突然向對方擠弄眉眼，或是什麼有心人立能判談的暗示，於是，有人便尾隨婦人走進側旁小門了。

　　稍頃，婦人若無其事的回到廊前，只掠一掠頭髮，拍一拍額間汗珠，又熱心地向日常出入浴場的老人們展露風情了。

辦桌

22

　　本地的宴席中，在戶外搭棚，露天架鍋設灶，一般占用空場、巷弄、馬路，附近的居民大都以容忍為常。大概這種形式是鄰人間幫忙互助發展下來的習俗。

　　這天是大片販屋上樑的吉日，建設公司宴請購屋者，婦男老少二三百人，這頭正廚下忙著盛盤上菜，那頭棚下的舞台，已有四員裸女踢跳上場了。

金亭
23

　　兩個孩子向焚金爐內拋入冥幣，睇視熊熊火舌——好像立即為冥界的人收取了去，孩子們的姿態，不禁莊肅起來。

　　我記起參觀過採竹現場的碎竹機，一枝粗麻竹投進去，不消十數秒，便盡根而沒，那機器如一具嗜食竹桿的怪物。稍後，我們又轉往彰化某鄉農會的合作企業，購辦了整座自動化生產的德國造紙機，原為抄照高級道林紙所設計的，本地卻用來抄造冥紙。但是纖維原料非竹不行，因為唯獨傳統竹紙，焚燒後的灰燼，才會輕飄飛昇，給人上達天廷的幻想。

愛的告白
24

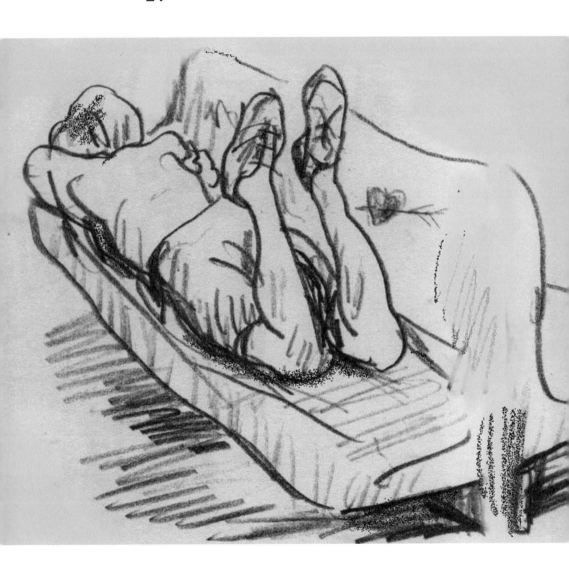

清晨六時許的朦朧中，莫約十四歲穿著國中制服的少年，伏在公園的石椅上睡著，他的姿態彷彿從無言裡透出困惱。

石椅背上有新噴畫的一枝穿心箭，以及某人愛死某某的字樣。

當我作畫結束的頃間，少年陡然撐起上身，但隨即一聲喟嘆，他再度趴下。那聲嘆息在我聽來，竟滿溢青春的甘美呢。

　　北投一條溪邊，有溫泉露頭，人們聚浴有年。最近合眾募款，落成了男女浴池兩間，而保留了原先露天的狀態的泉溝。像撈蝦般的男女紛沓水中。邊上立有一牌寫：「此地專供孩童小狗洗澡，大人只可泡腳。」

石工
26

　　山道邊旁臨時搭起的遮陽篷，已經數月。二三個石工鎮日圍在
那裡，就山壁取材，將它鑿成長方的石磚。實際上，全座山即這種
褐黃的沙岩所構成。

　　閒談中，一個年長的石工忽然說：你家的那片石牆，當年就是
我叔叔承砌的呀。我也幫過工的，那時才十三四歲呢。

集合
27

　　周日的小公園裡，退休的老先生老太太們，以此為據點候集友伴，出發往附近的山丘去。

　　與習見老年人的衰敗頹喪相較，他們似乎是另一人種，神采奕奕的將裝備和自己打扮齊整，雖然個個面上多皺，卻絕無倦怠的顏色。

奴恨

28

　　聯考屆臨的時候，公立圖書館的讀書室裡總是滿座。應考生被圍在各類大綱復習的參考書堆中，容或有人在此小憩養神。一個優雅的女子伏案，在裸臂上端及手腕，分別刺著「奴」「恨」兩字，淡清婉約的筆痕自雪肌上浮出，一時間彷彿窺察了某人的秘密，我的思維立即陷入混亂。

故鄉街舖
29

　　那些曾經立下汗馬功勞的人們，開放大陸探親之後唯一的關懷，即前往故地一旅了。關於旅事的一切物件，諸如：探親包、衣物、禮品、大陸各地現行政區及交通地圖等等的供應，不知何時便在此處──榮民總院邊上的一條巷街，蔚然成集了。

　　商販們揣摸出這個消費者集團特殊的年齡和品味，逐形成它異於別處的色彩，遠望那些攤位以及徘徊其間的人們，彷彿一條大陸現時舖街之立現呢。

空軍大樓
30

　　聳立在山腰間的巍峨木造樓，底基以岩塊砌高，屋脊蔓延，窗櫺多變，有貴族居第氣勢的日式建築。北投當地人習稱它「空軍大樓」，因為光復後撥交空軍做眷舍的緣故。

　　現在這個失修的廳室，即使外面陽光普照，屋內仍有陰森魅惑之感。在闃寂的公布欄上，我讀了一則向電力公司陳情的副本。

　　大意是他們不懂何以上月電費突增，原來數十住戶，遞經變遷，口戶寥落。況且年初又有兩家亡故，何以用電至一萬四千元之巨？

俳句
31

　　美豔女人緩緩甦醒過來，在乾爽的床上扭動裸體，伸展懶腰。忽然，女人僵停在未完的動作上——大約是抽了筋吧？剎那間，男子於是看到她眼尾細柔的摺皺。

附錄／雷驤的北投足跡‖交通資訊

雷驤的北投足跡